2016年1月12日，本书编者苏培成在周有光家里祝贺周先生111岁寿辰。

1994年10月18日，周有光在中国语文现代化学会第一次学术讨论会上做学术报告。

周有光与北京大学教授苏培成（左）、日本姬路独协大学教授井健一郎（右）合影。

1995年1月13日，部分在京语言学学者与周有光、张允和夫妇合影。（前排左起为中国人民大学语言文字研究所所长王宗柏，张允和，周有光，北京师范大学李大魁；后排左起为背景语言大学王恩保，首都师范大学张育强，国家语言文字应用研究所尹斌庸，北京大学苏培成）

1995年6月19日，周有光在庆贺周有光先生九十寿辰会议上致辞。（周先生左侧是国家语委党组书记林炎志，右侧是语言学家张志公、陈原）

2001年12月1日，周有光在语文现代化与汉语拼音方案北京国际学术研讨会上发表演讲。（中间是苏培成，右边是香港中国语文学会会长姚德怀，他们在主持会议）

2001年12月1日，周有光与出席语文现代化与汉语拼音方案北京国际学术研讨会的部分代表合影。（前排左侧为语言学家王均先生，后排右三为苏培成）

语文书简

周有光与苏培成通信集

周有光　苏培成　著

苏培成　编

ZHEJIANG UNIVERSITY PRESS
浙江大学出版社

前　言

　　我在 1957 年暑期考入北大中文系。1960 年秋季开学后，系里请周有光先生为我们讲授"文字改革"课程，从此我就有幸成为周先生的学生。那时周先生 50 多岁，风华正茂。每两周上一个下午，三节课，站着讲也不喝水。没有教材，只印发简单的讲课提纲。周先生的课使我对文字改革有了基本的了解。那时受政治运动的影响，师生间的关系并不密切，彼此极少交流。一个学期的课下来，我没有和周先生说一句话，周先生也不认识我这个学生。"文革"结束后，政治环境变得轻松，慢慢地我和周先生有了交往。等到 1994 年中国语文现代化学会成立后，我们来往逐渐多了起来，而且有了书信往来。多数情况是周先生给我写信，我给先生回信，而且每信必回。有时回信很匆忙，忘了留底，现在也就无法找到。我主动给先生写信比较少。对先生交办的事情，我尽力而为。

　　近日我在整理周先生和我来往的信件。除去因保管不当而遗失的以外，从 1994 年到 2013 年，现有周先生给我的信 75 封，我给周先生的信 43 封。这些信主要是讨论学术问题。周先生给我的许多信就是学术论文。例如，1995 年 8 月讨论《孟子》的"鸡豚狗彘之畜"里的"豚"和"彘"，2000年3月至5月的信讨论如何编选《周有光语文论集》，2005年头几个月反复讨论汉字性质和文字类型学，2007年7月提出研究"汉字表音化的量变和质变"等等。从周先生的信里，我学到了许多东西，例如渊博的学识、严谨的治学精神、讨论学术问题时平等谦逊的态度、对后学无微不至的关怀和爱护……这些使我终生受益。周先生的这批信件是他的重要著作，如果能够公开出版有很重要的意义。至于我回周先生的信，除了表示虚心向先生学习外，有时也谈一点个人浅见，请周先生指正。

为了便于读者阅读，我对这批信件做了初步整理。整理工作主要有：(1)周先生的信件大多是用打字机在热敏纸上打印出来的，时间一长，许多字已经模糊不清了。这样的信，我在电脑上重新打印。我十分认真地做，尽量避免出现差错。(2)排序。大体按照信件的书写时间，尽量把来信和复信放在一起。(3)加"编者注"，提供必要的背景知识。

到今年，周先生已经110岁高龄，我这个老学生也已80岁。这项工作只能做到目前的样子。其中的差错和缺陷，还请各位读者多多指正。我也希望收藏有周先生信件的单位和个人，最好能把信件公开发表，以利学术的发展。

苏培成于北大燕北园

2015年10月

目　录

1994 年 3 月 6 日　周有光致苏培成

培成同志：

1994-02-23 来信收到。谢谢!

得到关于吉林大学林志纯先生研究楔形文字的信息，非常高兴! 我将去信向他请教。谢谢周一良先生给我指点。

Robert Julius Lau 的 *Old Babylinian Temple Records* 一书，很好。可惜我的水平太差，看起来费劲。其中部分材料我已经记录下来了。不久可以托尹斌庸先生转交郜文元❶先生还您。

附上您寄来的楔形文字书目。我只要其中画红圈的两种。其他以后再借。我已经把书目抄下来了。

再见!

祝您工作愉快!

周有光

1994-03-06

---

❶ 有一个时期，按照周先生的需要，我从北大图书馆借一些讲文字的外文书，送到周先生处供他参考。周先生看完后托郜文元还给我，由我再归还图书馆。郜文元是北大汉语中心的教师，家住周先生附近。——苏培成注

1. The royal inscriptions of Sumer and Akkad : by George A. Barton (1929)

2. Sumerian epics and myths / Chiera. Edward (1934)

3. Sumerian lexical texts from the temple school of Nippur / Chiera. Edward (1929)

4. Documents from the temple archives of Nippur : dated in the reigns of Cassite rulers / Clay. Albert T. (1906)

5. Hammurabi, king of Babylonia. 23,402 - 2185. B. C / (1904)

6. Cuneiform parallels to the Old Testament / Roger. Robert William (1912)

7. The inscriptions in old Persian cuneiform of the Achaemenian emperors / Sharp. Ralph Norman

8. Cuneiform texts : old Babylonian letters and related material / Van Dijk. J.

✓ 9) Chinese and Sumerian (Society of Biblical Archaeology, 1915?)

✓ 10) Mercer. Samuel Alfred Browne, 1880 -
A sumero-Babylonian sign list, to which is added an Assyrian sign list and a catalogue of the numerals, weights and measures used at various periods. (1966)

11. Die Keilschrift (1913)

周有光批阅苏培成手抄北大图书馆馆藏有关楔形文字的部分书目

2

1994 年 7 月 13 日　周有光致苏培成

培成同志：

这里附上两篇拙稿：(1)《圣书字和汉字的"六书"比较》；(2)《丁头字和汉字的"六书"比较》。请您指正。

我之所以研究"六书的普遍适用性"，因为：(1) 探索意音文字的共性；(2) 对汉字进行非神秘化。我认为这是研究"人类文字学"的必要工作。

另外，我还写了《纳西文字中的"六书"》《传统彝文中的"六书"》等草稿，修正以后再邮寄请教。

我的意见不一定对，请您严格批评，提出不同看法。谢谢！

敬祝

教安！

周有光

1994-07-13

1994年10月25日　周有光致苏培成

培成同志：

有一件事，想麻烦您。

我需要参考《中国民族古文字研究》"上"和"下"，天津古籍出版社，1991。

请您在北大图书馆查一查，如果有，请烦代借带来给我。

谢谢！谢谢！

敬祝

研安！

周有光

1994-10-25

1995 年 2 月 20 日　周有光致苏培成

培成同志：

看了您寄来的《目录》❶，对您的工作精神，十分敬佩！我手头的资料不及您的十分之一，又没有旧的杂志和报纸可以核对，只能就保存的少数文章，提一些修改和补充意见。

（1）在"专著"目录中：

请删除"17.《汉语拼音方案的制定和应用》"，这是"15.《汉语拼音方案基础知识》"同书异名的重复。请修改"15.《汉语拼音方案基础知识》，语文出版社 1993 年"，改为"1995年"。

请修改"5.《电报拼音化》，文字改革出版社 1909 年"，改为"1965 年"；请修改"12.《汉语拼音词汇》（主编）"，后面改为"文字改革出版社 1958 年初稿（第一版），1963 年增订稿（第二版），语文出版社 1989 年重编本（第三版）"。

请修改"18.《应用语言学论丛》，北京语言学院出版社，

---

❶ 1994 年我编制了一份《周有光先生论著目录》（稿），于 1995 年初送请周先生审订。这封信就是周先生提出的修改意见。这份《目录》经过修改补充后，发表在《语文现代化论丛》上。《语文现代化论丛》，王均主编，山东教育出版社 1995 年 10 月版。——苏培成注

1995 年出版"，改为"（待出）"。

请增加"《比较文字学初探》（编写中）"。

请增加"《漫谈西化》（编写中）"。

（2）在"论文"目录中：

请修改"1988 年，《我感到震动》"，后面增加副标题"《神圣忧思录》读后"。

请修改"1991 年，《应用语言学和中文信息处理研究》"，请删除"研究"二字。

请修改"1993 年，《纪念村野辰雄先生》"，请加副标题"东方新语文运动的旗手"，日文《罗马字的日本》第 477 期，1993-02-01；《语文建设通讯》（香港），第 39 期。

请补充：《汉语规律和汉字规律》（中文输入法的两大规律），《计算机世界》第 515 期"专题综述"，1994-11-09。

请补充：《让知识之花开遍大地》（庆祝《汉语拼音小报》出版第 500 期），1992-03-01。

请补充：《写话：叶圣陶语文思想的精髓》，《叶圣陶研究通讯》第 3 期，1991-02-28。

请补充：《厚今而不薄古的革命家：姜椿芳同志》，《文化灵苗播种人——姜椿芳》，中国文史出版社，1990。

请补充：《宏扬华夏文化，革新华夏文化）》，《群言》，1994年 2 月。

请补充：《古书的今译、今写、今注、今解、今用》，《北京日报》，1994-02-03。

请补充:《吃的文化和文化的吃》，《中国烹饪》，1994 年
2 月。

请补充:《传统文化和现代社会》，《群言》，1995 年 1 月。

请补充:《作文和写话》，日本《日中学院创立 40 周年纪念
论文集》1991 年，东京。

请补充:《深切悼念刘尊棋同志》，《无限的忠诚》（刘尊棋
同志纪念文集），中国大百科全书出版社，1994。

请补充:《毛笔文化》，《人民日报》(海外版)，1991-05-30。

非常遗憾，我留在磁盘里的论文很少，而且都没有注明发
表处所和日期，对编制目录没有用处。以后如有资料，再作补
遗吧。请原谅！谢谢您！

敬祝

教祺!

周有光

1995-02-20

1995 年 8 月 10 日　周有光致苏培成

培成同志：

谢谢您 1995-08-06 来信和附来资料卡片。这里寄上我的随笔《读孟一疑》和"附录"，都是未定稿，请您指正。

我把改革开放以来所写的关于文化问题的文章 50 篇，编成一本书，想题名为"文化畅想曲"，因此我请您查一下这个名称的意义和用法。现在决定就用这个书名。再次谢谢！

祝您工作愉快！

周有光

1995-08-10

1995 年 8 月 18 日　周有光致苏培成

培成同志：

您 1995 年 8 月 12 日给我的信，内容非常丰富。最后一段，谈到《语文闲谈》。这本"科普"小书，没有多大价值。只是其中有少数条目，提出一些新的见解。

例如"三大差别"。我认为工农差别和城乡差别的性质，跟脑体差别的性质不一样。工农差别和城乡差别，在美国和其他发达国家已经没有了。脑体差别，除有工资的差别问题之外，还有知识的差别问题。工资可以拉平，知识如果也拉平了，人类社会就要进入冬眠了。今天的国际竞争，主要就是知识的竞争。解放后压制知识分子，错误的根源就是在不认识知识的性质。

还有，您说评剧用的语言是冀东某地方言，这是对的。评剧发源于冀东滦县等地，后来到唐山发展形成一个剧种。老一辈的演员用唐山话，有明显的天津口音。但是，新一辈的演员，主要在北京等大城市演出，语言已经自然地改为普通话，虽然不一定很标准。这件事，我害怕弄错，特地打电话给新凤霞的丈夫吴祖光，他证实了这一事实。我为什么要谈这件事呢？因为，我认为，推普应当提倡一种使用普通话的歌剧或者说唱剧。

评剧适合作为推普典型。话剧用普通话，这对推普有极大的作用。歌剧和说唱剧还没有提倡普通话，这是不足之处。京剧是半文半白、文多于白，对推普没有作用。

同您在书信中聊天，是一种乐趣。

祝您工作愉快！

周有光

1995-08-18

1995 年 8 月 29 日　周有光致苏培成

培成同志：

看了您 1995-08-25 来信，以及附来邹晓丽老师的资料和意见，万分感谢！

我仔细研究了邹老师的资料和您的看法，得益匪浅。但是，我接受了一部分意见，没有接受全部意见。我的初步体会写在附上草稿《读孟一疑》的最后一段。请您先看看，慢些给邹老师看，等最后形成一个修正稿再给她看。

您说得对，唐山口音跟天津口音不一样，南方人分辨不出来，把唐山口音当作天津口音，是南方人的糊涂。

关于辞典的部首数目，我又数了一次，数目跟我原来数的一样。《现代汉语词典》（1979 年）和《新华字典》（1985 年）都是 189 个部首；《辞海》（1979 年版，缩印本）是 282 个部首。不知道为什么您数的数目不同。

祝您身体健康，工作愉快！

周有光

1995 08 29

原信附录：

读孟一疑（草稿）

周有光

我读古书，许多地方读不懂，"不求甚解"，不了了之。这里谈一个小小的例子。

《孟子》（梁惠王章句上）："鸡豚狗彘之畜，无失其时，七十者可以食肉矣。"这句话我不懂，青年时候问过老师："为什么说了小猪又要说猪"？老师笑笑答复我："不知为不知!"

隔了大半个世纪，最近又读到这句话，想起过去老师的答复，他没有否定我的疑问，只是没有解决我的疑问。

孟子说的明明是四样东西（鸡豚狗彘），要把它解释成为三样东西（鸡狗猪），这样的解释终难驱除疑云。我于是不得不去查书。

杨伯峻编著《孟子译注》的译文是："鸡狗与猪等等家畜，家家都有饲料和工夫去饲养，那么，七十岁以上的人都可以有肉吃了。"

刘俊田等译注《四书全译》的译文是："鸡、狗、猪一类的饲养，不要错过繁殖的时机，那么七十岁的老人便能吃到肉食。"《四书全译》的注释还补充说："鸡豚狗彘之畜：豚，小猪。彘，猪；全句泛指家禽、家畜。"

两种译本都一样，把四样东西解释成为三样东西。

我仍旧疑惑不解。"鸡、小猪、狗、猪"，孟子是这样说的吗？如果这不是错简，也不是语病，是否可能后世误解了原意？

我又去查《汉语大词典》（1994年新版），这里有不同的解释："彘，亦指野猪。"如果说"鸡、猪、狗、野猪"，四样东西，那就对了，合乎语法和情理了。

从前有一次，我在出土文物展览中看到说明：彘，野猪；野猪的特征跟猪不一样。我想：野猪（彘）跟猪有区别，正像野鸡（雉）跟鸡有区别，山羊跟羊有区别。可能野猪（彘）后来渐渐稀少，人们不大吃，专吃猪了。

总之，"彘"是不是"野猪"，"野猪"是不是另一种动物而不是"猪"？古人是否同时吃"豚"（猪）和"彘"（野猪）两种牲畜？这个问题还要请动物学家和考古学家指教。

1995-05-17

附注：

（一）感谢北京大学苏培成老师来信（1995-08-06），他说，关于"彘"得到以下两点认识：（1）古籍中的"彘、豕、猪"所指相同，就是后世的猪。（2）家猪是由野猪豢养驯化来的。苏老师并附卡片如下：①《辞海》：野猪，哺乳纲，猪科；家猪的祖先；体生刚毛，黑褐色，犬齿极发达，性凶，广布于欧亚两洲，我国南北各地均产。《辞海》："猪，哺乳纲，猪科"；"古时特指小猪"。《尔雅》："豕子，猪。""豚，小猪，也泛指猪。"②《简明不列颠百科全书》：猪，体肥腿短的杂食性哺乳动物，北美的家猪源出于欧洲、亚洲、北非森林中至今犹存的野猪；野猪和家猪无大分别，只是家猪的獠牙不若野猪发达。③甲骨文"彘"，会意字，象豕身着矢。《说文》："彘，豕也。"《方言》："猪，北燕、朝鲜之间谓之豭，关东西或谓之彘，或谓之豕。"《汉书·货殖传》，颜师古注："彘即豕。"④《汉书》，颜注："凡言彘者皆豕之别名。"《说文》："豕，彘也。"段注："彘，豕也。"《小雅》传曰："豕，豬也。""毛浑言之，许分别名豕、名彘、名豬。"

（二）苏培成老师又来信（1995-08-12）说："我请教北师大邹晓丽老师，从邹老师的意见中，形成下面两点想法。"

（1）从甲骨文字形看，"彘"象豕身着矢，但是先秦文献中"彘"就是猪，不是野猪。《说文》等字书也认为猪，没有说是野猪。《说文》分析"彘"字的形体，"矢"是声符。《汉语大词典》先说"彘"是猪，举《孟子》《方言》《汉书》为证，可信。然后又说："彘，亦指野猪。"但书证是明代刘基的诗，时代太晚，不能用来解释先秦的文献。《孟子·梁惠王上》在"鸡豚"句后面，又说"狗彘食人食"。《孟子·尽心上》有"二母彘"，这两个"彘"都不宜说成野猪。

（2）"豚"和"彘"有什么区别？《孟子释注》有个注："豚

14

是小猪，但只能杀以祭祀。"邹老师说：用作祭品的豚在毛色、体重上都有一定的要求，比一般的"彘"珍贵。《论语·阳货》："阳货欲见孔子，孔子不见，归孔子豚。"可见礼品用"豚"，不用"彘"，"豚"比"彘"珍贵。《孟子》说："鸡豚狗彘之畜，七十者可以食肉矣。"邹老师说：古代祭祀以后，散胙，祭品仍可食用。总之，"豚"自有特点，可以不包括在"彘"内。

（三）苏培成老师第三次来信（1985-08-25），附来邹晓丽老师提的资料，摘要如下：

关于"彘"。《甲骨文字典》（徐中舒编）：（甲骨文字形象豕身贯矢）"从豕身着矢，乃彘字也；彘殆野豕，非射不可得；亦犹雉之不可生得。"《增订殷虚书契考释》："一、祭祀用牲，二、人名。"《甲骨文简明词典》（赵诚）："从豕从矢，会意；彘为野猪；甲骨文用作卜官私名，则为借音字；卜辞中的彘亦用为祭牲。"《金文诂林补》：（《诂林》未收"彘"；金文字形象豕身贯矢）"唐兰：原作彘，通矢。"

关于"豚"。《甲骨文字典》：（甲骨文三个字形都象豕加肉）"从豕从肉"；与《说文》豚字古文同：（卜辞中）"祭祀用牲"。《甲骨文简明词典》："（字形）皆从肉从豕，表示幼小的猪；卜辞的豚亦用作祭牲。"《金文诂林补》：（两个字形象豚加又，右手），在臣辰卣、臣辰"禾皿"、豚卣、豚鼎中，均作人名。《说文》，豚又是部首；"小豕也，从古文豕，象形；从又（右手）持肉作祭祀；豚，篆文从肉豕"。

《礼记·郊特牲》："郊特牲而祭祀大牢；天子适诸侯，诸侯用犊；诸侯适天子，天子赐之礼大牢；贵诚之义也；故天子牲孕弗食也，祭帝弗用也。"郑玄注："犊者，诚慤未有牝牡之情，是以小为贵也。"

邹晓丽老师的归纳：①彘，从字形看是野猪，但在卜辞中仅作人名或祭牲；周代金文中仅取其声，而义与"矢"（叙述义）通，故《说文》彘从"矢声"乃据金文而来，可信；彘义为"豕也"；彘解为"豕"与文献用法一致；豚，卜辞中为祭牲，周金仅作人名；《说文》保存古义为祭牲。②彘、豚在卜辞中均有"祭牲"这一义项；看来殷商时，家猪、野猪均可作祭牲；金文中无记载；汉代《说文》彘为猪，豚为祭祀用的小猪；二者有别。③从三《礼》看，其用酒、用祭品（包括祭牲）都有严格规定，看来周用专供祭祀的豚（小猪）作牲而彘则很难知其有无"牝牡之情"，故不用为祭牲。④儒家重祭祀，孟轲在"五亩之宅"的设想中，主张家家豢养祭祀专用的小猪（豚），也是完全可以理解的；战国时"彘"早已无"野猪"这一义项。综上所言，我想"鸡豚狗彘"实即："鸡，用于祭祀的小猪，狗，一般的猪"。过去学者作注，未将"豚"为祭祀专用注明，实为有误。

苏培成老师归纳的意见，把孟子时代的"彘"解释为野猪，困难在没有文献根据。我查《经籍纂诂》，也没有野猪的意思。邹老师从孟子的时代和思想来解释，不知道能不能说通。我举个不一定恰当的例子，"豚"和"彘"的关系是不是有点像北京填鸭和普通的鸭的关系。某鸭场可以同时养这两种鸭，北京填鸭专供烤鸭用，一般鸭供普通使用。

（四）我对苏培成老师和邹晓丽老师的热情指教，万分感谢！根据他们的资料和意见，我再三思考，得到如下的初步体会。遗憾的是，我还没有完全理解和接受两位的意见。

（1）孟子说得很清楚，"鸡豚狗彘"都是蓄养的，不是野生的。说"彘"是"野猪"，错了！甲骨文时代，"彘"是野生的，猎取用弓箭，因此"豕身贯矢"，这跟"雉"为"佳身贯矢"相同。到了孟子时代，"彘"已经蓄养成家畜了。"彘"是"野猪"这个说法是很晚由注释家提出的。

（2）孟子说得很清楚，"鸡豚狗彘"都是普通食用的牲畜，不是专为祭祀而蓄养的祭牲。孟子谈营养和吃肉，是指普通人民，不是指专门蓄养祭牲的蓄养场。普通人民不可能为祭祀而专门蓄养牲畜，更不可能把"祭祀用"和"非祭祀用"分开来蓄养。

（3）在古代，"豚"用于祭祀，"彘"也用于祭祀。"牛"是最重要的祭牲；"牛"长大了有了"牝牡之情"甚至"怀孕"，就不用于祭祀。"豚"和"彘"当然也是一样。用于祭祀的"豚"选取"小豚"；用于祭祀的"彘"也应当选取"小彘"。把"豚"说成只包含"小豚"，把"彘"说成只包含"大彘"，是勉强的。"小畜"和"大畜"不可能分开蓄养，因为小的要依靠大的来喂奶。

（4）孟子说话非常讲究词序的逻辑性，如果他说"养鸡，养小猪，养狗，养大猪"，这就不合逻辑的词序了。孟子先说"鸡"，后说"豚"，中间隔了一个"狗"，再说"彘"，这可以证明"豚"和"彘"是不同的牲畜，不是"大小"的关系。"豚"不是"小彘"；"彘"不是"大豚"。

（5）从孟子（前372—前289）时代到许慎（58—147）写成《说文》(100)，中间经过七国纷争到秦汉统一的大变化，前后隔开了四百来年，生活习惯大不相同了，汉代人对古书上许多词义弄不清楚，不仅是"鸡豚狗彘"这个句子，这是应当原谅的。总之，把"鸡豚狗彘"解释作四种牲畜，文句就通顺，意义就明白；解释作"鸡狗猪"三种牲畜，文句就不通顺，意义也难于理解了。

1995-08-28，周有光注

1995 年 9 月 29 日　周有光致苏培成

培成同志：

方才接到北大东方学部王邦维先生来信，附来"梵文字母表"。我要问的问题，已经解决了。谢谢您的介绍！附上一信，请烦转交。

有一件有趣的事。一位汪浩棠先生来信说，有一种家禽，形似黑鸭，他的家乡徽州方言叫做"豚"。如果孟子所说的"豚"就是这种家禽，那么，"鸡豚狗彘"前两者是禽，后两者是兽，行文就通顺了。这个新说法要想予以肯定，需要深入研究。

再见！

周有光

1995-09-29

原信附录：

邦维先生：

　　十分感谢您寄来的信和梵文字母表！承您指点，我的问题
解决了，以后可能还有问题要向您请教。

　　特此申谢，并祝教安！

周有光

1995-09-29

1996 年 4 月 2 日　周有光致苏培成

培成同志：

我想再麻烦您一件事：

请您为我找一下，北大图书馆是否有宁夏博物馆周兴华的《中卫岩画》1991。请从中选择两幅岩画复印给我。我要用作书籍的插图。能有彩色的用摄影复制更好。费用由我负担。其他地方的岩画也可以，不一定是中卫的。❶

谢谢！谢谢！

尹斌庸已经去四川，他的夫人在北京。

周有光

1996-04-02

---

❶ 我在北大图书馆没有找到《中卫岩画》，从别的书里找到两幅岩画复制了给周先生。因为不合用，周先生没有用。尹斌庸是国家语委语用所的副研究员，已病故。——苏培成注

1996 年 4 月 18 日　周有光致苏培成

培成同志：

来信收到。我很高兴为您推荐。

请代我写一个推荐书的底稿，早日寄来给我，由我斟酌修改，然后定稿。我为别人推荐，也是用这个方法，以免写法错误。

岩画最好跟文字有些关系。

谢谢！

周有光

1996-04-18

1996 年 4 月 26 日　周有光致苏培成

培成同志：

推荐意见书已经挂号寄给北大中文系联系人魏赤。这里附上副本。

因为限期迫促（限 26 日前），我立即挂号邮寄，没有先同你商量。

我写的方法向来是：具体、简单、明了，使不懂专业也能大致明白。

专此即祝

教祺！

周有光

1996-04-26

推荐苏培成教授担任博士生导师

　　苏培成教授研究现代汉语和现代汉字，理论结合实际，不落前人窠臼，颇多创见。他在现代汉字的研究中，应用分析和计量方法，使汉字学从溯源的历史研究，发展为现状的实用研究。

　　《现代汉字学纲要）（北大出版社，1994）是他的代表作。其中提出，现代汉字的一级部件可以分为三类：（1）意符，（2）音符，（3）记号。现代汉字的构词法有七种类型：（1）独体表意字，（2）会意字，（3）形声字，（4）半意符半记号字，（5）半音符半记号字，（6）独体记号字，（7）合体记号字。这些论点发展了汉字学的传统理论。

　　他研究现代汉字的理据性，运用"量化"方法。他提出"理据度"的概念，列出理据度的计算公式如下："实际具有的理据值÷最大理据值＝理据度。"他计算出现代汉字的"理据值"：（1）（2）（3）类汉字为10；（4）（5）类汉字为5；（5）（6）类汉字为0。现代汉字总的理据度是在50％左右。这些概念和数据都是他的新创，既有理论价值，又有实用价值。

　　他在《现代汉字的部件切分》一文中，提出部件切分的两个关键问题：一个是"末级部件的确定"，另一个是"切分层次的确定"。根据这两个"确定",他建立了"部件切分的系统"。这对国家语委正在研究制定的《汉字部件规范》有积极作用,引起了编码工作者的重视。

他分析《现代汉语通用字表》,发现其中有不符合"字性"的字,例如有500多个文言古语用字和几十个方言用字。又有不符合"规范"的字,例如有异体字"垄"和"垅"。他的这些发现对制订《规范汉字表》有参考价值。他认为,在现代汉字规范化工作中,应当贯彻"限制和减少"字量的原则,不宜不断扩大字库,损害现代汉字的使用效率。这是有政策意义的重要见解。

他详尽地分析了繁体字和简化字的转换规律和对应规律,发表《简化字与繁体字的交换》和《简化字与繁体字的对应》等文章,提出"改进偏旁类推规则"的建议,开阔了汉字简化研究的思路。

他对研究生讲授"现代汉字研究""语文现代化研究""汉语规范化"等课程,已经多年。这些都是既需要传统学识、又需要创新和开拓的课程,不能陈陈相因,人云亦云,因此是比较艰巨的工作。他做得颇有成果。

根据他的这些成果,我认为,他担任博士生导师,定能胜任愉快。

周有光

语委研究员

1996-04-27

1997 年 10 月 12 日　周有光致苏培成

培成同志：

1997-10-08 来信收到了。

您提的问题很好。应当按照您的说法，改为"欠缺率"才对。您以后应用的时候可以加以说明。这是您的改进。"效用递减率"❶ 基本上还是可用的。

最好请一位数学家重新统计一番，做成一个"公式"。那就更好。原来我的说法太笼统和粗浅了。事情要精益求精，不断改进。

谢谢您给我改正。谢谢！

祝您健康、愉快！

周有光

1997-10-12

---

❶　这封信里说的是周先生提出的"汉字效用递减率"。读者如有兴趣，可以参看周先生著《中国语文纵横谈》中的有关部分，人民教育出版社 1992 年 11 月版。——苏培成注

1997 年 10 月 30 日　周有光致苏培成

培成同志：

　　我有一份"越南拼音文字资料"，不知是否有错误，想请一位懂越南文的专家看看，修改一下。您是否能够跟北大东方文化系联系，请一位先生看看。❶

　　这里附上我的资料。看后请他在上面修改。请把这位先生的姓名和住址告诉我，以便去信申谢。

　　麻烦！谢谢！

　　祝您健康、愉快！

周有光

1997-10-30

---

❶　1997 年 11 月 6 日我去北大东语系找到研究越南文的黄老师，转达了
　　周先生的想法。黄老师同意帮助周先生解决问题，然后我写信把结果
　　报告给周先生。——苏培成注

1998 年 3 月 7 日　周有光致苏培成

培成同志：

1998-03-05 来信，收到了。很高兴！

（一）师生关系要用发展观点来看。"师不必贤于弟子"，千古名言，这是真理。由此引申出：弟子应当贤于师，而且也必然贤于师，这是进化论的观点，否则社会就只有退化了。师生讨论问题，是平等的探讨，不是学生向老师请教。不是老师一定懂，弟子一定不懂，而是大家都不懂，共同探讨。如果要求老师说出来的一定对，那么，老师就无法开口了。

（二）关于语文现代化，我认为，有三个主要方面：(1) 语文本身的现代化，(2) 语文教育的现代化，(3) 语文技术的现代化。语文本身的现代化，包含多方面的自然进化规律，例如语文共同化规律（包括从方言到国语）、语文实用化规律（包括从文言到白话）、语文效率化规律（包括从繁体到简体）等。语文本身有自然的演变，并且有自然演变的规律。人的能动性是：了解自然规律，运用自然规律，促进自然进化。这不仅在语文是如此，在政治、经济、科技等方面也是如此。一切人为的发展，都是了解自然规律和运用自然规律的结果。人为发展并不脱离自然规律，只是使它加快速度、定向前进、改变形式。

（三）语文现代化不是中国一国所特有的现象，而是国际间共同的语文发展运动。我写了一本小书，名叫《新时代的新语文》，介绍世界各国的语文新发展，不久可以出版。这是想从世界各国的语文现代化，来看中国的语文现代化。

（四）原始图画分化为图画和文字。书写分化为实用书写和艺术书写。艺术书写属于图画的范畴，不是语文课的任务。日本小学已经不用毛笔和钢笔，只用铅笔。我国近年来要求小学生个个写好毛笔字，这是落后于时代的复古措施。在语文生活发达的国家，实用书写早已机械化，现在正在普及书写的电子化。实用书写应当"苛求"规范化，一切实用领域应当使用规范字。招牌是广告工具，属于实用领域，应当用规范字。艺术招牌可以挂在大门以内。对不对？请考虑。

再见！

周有光

1998-03-07

1998 年 8 月 31 日　周有光致苏培成

培成同志：

　　接到 1998-08-28 来信和附来文稿《预祝第三届学术年会圆满成功》，看了非常高兴！

　　我完全同意您的意见。其中，有的形容词分量太重，请换个分量轻的。还有，请勿用口号式的字眼❶。

　　台湾师大教授的名字最好写出来。他说的"汉字是乱码"这一点很重要。我们需要知道更多、更详细的关于在互联网络上使用不便的具体问题。请加以收集，最好写成文章。

　　祝您

　　发言出众！

周有光

1998-08-31

---

❶ 我写的《预祝第三届学术年会圆满成功》一文中有"与中国革命和中国建设生死攸关的中国语文现代化事业……取得了辉煌的成果"等句子，周先生说有的形容词分量太重，指的是其中的"生死攸关""辉煌"。周先生说请勿用口号式的字眼，指我的文章里有"对无产阶级革命家充满了崇敬"。——苏培成注

2000 年 3 月 2 日　周有光致苏培成

培成同志：

2000-02-29 来信，收到了。谢谢！近来邮递似乎快了些。

关于出版选集❶的事，您的考虑，十分周到，正中我意。

一切请您偏劳定夺。合同也请出版社邮寄给您，由您转给我。我百分之百信赖您。

编辑工作可能比较繁重。最好一人专一进行，以期观点一致。精力不够的时候，才请别人帮助。是否如此，请考虑。

谢谢您费心又费力！

祝您身体健康、精神愉快！

周有光

2000-03-02

---

❶ 这封信和随后的几封信，一直到 5 月 3 日的信，都是讨论编选《周有光语文论集》的。周先生对《论集》的编选极为重视。《周有光语文论集》（四卷本），苏培成主编，上海文化出版社 2002 年 1 月出版。——苏培成注

2000年3月4日　周有光致苏培成

培成同志：

这里寄上文稿四篇。请收，备用。

（一）《文字发展规律新探》原稿全文。在《民族语言》发表时，为了节省篇幅，杂志作了删节，不是全文。

（二）《关于"大众普通话"问题》简化字原稿。香港《语文建设通信》改为繁体字。

（三）《英语是怎样成为国际共同语的?》。准备今年5月在《群言》发表。

（四）《文房四宝古今谈》。以前在《群言》发表。是否有用，请考虑。

有些文章是旧稿经过修改重新发表的，题目重复，或是题目更改而内容相仿。

我50岁改行，等于您进大学时候，我刚进语言学的小学。因此，水平浅薄，文章不多，可能选不出足够多的文章，凑不成一部大书。

再见！

祝您健康、愉快！

周有光

2000-03-04

2000年3月6日　周有光致苏培成

培成同志：

2000-03-03 来信，收到了。谢谢！

（一）选集只可能是"他选"，不可能是"自选"。因为，我自己对自己的文章没有几篇是满意的。"自选"只能选出很少几篇，成为一个小册子。"他选"可以放宽要求，把"前车之覆、后车之鉴"的文章也收一些进去，作为别人的警戒。即使如此，恐怕可选的也不多，成不了四卷。

（二）请您写一篇"编者序言"。我可以写一篇"经历回顾"，或者"多余的话"，主要是总结一下改行经验和自我批评。实际，我号召多而研究少，而且都是在语言学和文字学的本题外围兜圈子。把毛巾绞干，毛巾变成了一张薄纸。

（三）选集分哪几部分，等稿件收集之后看分量再定，因为即使有几部分，也是各部分的分量多少不平衡的。我的研究方面很狭隘，没有几个重要的方面。我的文章往往重复，修改后再发表，为了改进内容和修辞加工，看起来都是重复。

（四）文章可以按发表时间先后排列。一组开头可以把有代表性的文章提出放在最前面，使读者容易了解整个问题，也避免每组开头都是幼稚文章。

（五）我的科普杂文《语文闲谈》已经出版"初编""续编""三编"三部分，是否可以收入选集，或者作为附录，请考虑。读者喜欢闲谈，但是闲谈不登大雅之堂。

（六）我的书稿，在 1988 年以后的，都有磁盘。我的打字机是 SHARP 格式，可以转换成为 IBM 格式。已经转换了一部分，其余正在想法也转换成 IBM。见面时候，当面交给您。您可以从磁盘取出需要的资料，并把磁盘交给出版社，输出原稿，加以编辑，节省大量打字排版时间。

其余再谈。谢谢您的大力帮助！

敬祝工作顺利！

周有光

2000-03-06

2000年3月7日 周有光致苏培成

培成同志：

2000-03-04 来信，收到了。谢谢！

（一）这里再送上文稿九篇，备您选用，可取，可不取。

四篇关于"汉字文化圈的文化演变"：《中国、朝鲜、日本、越南》，正在《群言》刊登。

一篇《文化传播和术语翻译》，提出科技双术语问题。

一篇《双语言时代》，国际互联网杂志《华夏文摘》曾转载。

一篇《利用拼音、帮助汉字》，应《中国教育报》要求而写。

两篇"自我介绍"，应《学林春秋》和《世纪学人自述》的要求而写的。

（二）把文章分为四五个大类很困难。分为许多个小组比较容易。每组三五篇或八九篇，可多可少，立一个小组标题，便于查看。书稿或其摘要也可以作为小组。请考虑。

（三）近来我在《群言》发表一系列关于文化问题的文章，因为语文现代化是文化现代化的基础工程。目前文化沙文主义，以及在文化沙文主义保护下的伪科学，甚嚣尘上。澄清文化的误解，方能推动语文的发展。

祝您健康、快乐！

周有光

2000-03-07

2000 年 3 月 10 日　周有光致苏培成

培成同志：

（一）我已经准备好 11 张书本磁盘，都转换成 IBM 格式，您便中可以拿去复制，以备选取使用。请把原件归还给我。出版社也可以复制一份，节省大量打字排字工作。

（二）把文章分为许多小组，每组开头请您写一篇"编者案语"，就是所谓"导读"。这样可以使选集增加可读性，也便于查看。这是编辑新方法。

（三）有些文章已经过时，但是当年曾产生一定影响。是否要选用这样的文章，作为历史记录，以便将来研究文化史的参考？

（四）文章许多是重复的。筛选后总数量可能达不到四册。请不要说死四册，只说"最多四册"或"约四册"，以免误会。

祝您健康、快乐！

周有光

2000-03-10

2000年3月12日 周有光致苏培成

培成同志：

2000-03-09 来信收到了。谢谢！您的想法很好，我都同意。对出版社，不要去催，不必着急，要从容而稳步前进，才是效率最快。不必过于匆忙，要防出乱子。

（一）关于书本，我想，选取有意义的章节，去除无意义的章节。有意义的标准是：（1）有新的观点、新的理论、新的方法，（2）有可供参考的资料。我的书中有比较详细的玛雅文资料，这是其他作者没有重视的方面，是否采用，需要考虑，问题是太冗长，占篇幅。

（二）《世界字母简史》《世界文字发展史》和《比较文字学初探》，三者是先后发展起来的。其中有不同的章节，似可衡量是否有意义作取舍。又有雷同的章节，似可按详略不同来取舍，保留较详的，删除较略的。

（三）书越大，越没人看，茫茫文海，无从下手。我想，要为读者考虑，提高可读性。如何提高，我没有想好，请您考虑。分大类，没有导读作用。分小类，加编者案语，有导读作用。是否能提高可读性？

（四）选用别的出版社的书稿、别的刊物的文章，是否要得到同意？如何付费用？我不懂现在的出版法，请您问问出版行业的内行，以免犯错误。

（五）我的意见，供您参考，千万不要当作命令。我不是客气，而是提出工作的现代化的方法。太客气，不利于工作。意见要再三反复商量，不要一言定局。

祝您健康、快乐！

周有光

2000-03-12

2000 年 3 月 18 日　周有光致苏培成

培成同志：

2008-03-13/14 两封来信都收到了。谢谢！

以专著为主，辅以论文，这个想法很好。便于工作，免去许多难办的事儿。可是每卷前面也要写一个编者案语，说明卷内两书的性质、当时出书的背景。案语可长可短，当然由您执笔。全书总的编者序言，您当然更是必须写的。

弟子不必不如师，师不必贤于弟子。您不要过分客气。

只有一个问题要考虑：是否需要取得原出版社的同意？我不懂出版法。

祝您工作顺利！

周有光

2000-03-18

2000年3月21日　周有光致苏培成

培成同志：

（一）您计划中选用书本七种，其中三种——《汉字改革概论》《汉语拼音方案基础知识》和《比较文字学初探》的责任编辑都是徐文熠。他今天来谈，认为此事在事先要妥善联系，以防将来发生麻烦。先由您跟语文出版社的负责人之一顾士熙当面谈好，了解这是一种纪念出版物，上海某出版社不可能赚钱，因此无法付给语文出版社转载稿费，要请语文出版社同情支持。双方商定由上海某出版社和语文出版社交换信件的稿子，然后交换信件，以免将来人事更易，引起纠纷。其他出版社也要同样联系。请您考虑是否如此办理。

（二）《世界字母简史》和《世界文字发展史》是上海教育出版社的，原责任编辑徐川山（兼《汉语拼音小报》编辑）为人极好，可以事先电话商谈，同样办理。徐川山地址：200031，上海永福路123号，上海教育出版社。

（三）《中国语文纵横谈》是人民教育出版社的，原责任编辑黄成稳，为人极好。您可以跟他先商谈一下。黄住址：100009，北京沙滩后街55号，人民教育出版社。

（四）《中国语文的时代演进》是清华大学的。原联系人吕嘉，100084，清华大学人文学院，电话（家）6616××××。我不认得清华大学出版社的人。

虽然估计都没有问题，可是礼多人不怪，事先打个招呼好。

（五）选文编目很好。请删去"语文闲谈"。"现代文化"也可删去。

（六）附上《中国语文的时代演进》勘误表。清华大学出版社把我写的"中国"都改为"祖国"，使人啼笑皆非！

祝您百事顺利！

周有光

2000-03-21

2000 年 3 月 23 日　苏培成致周有光

周先生：

3 月 21 日函敬悉。

（一）上海文化出版社寄来的合同，您是否同意？如果有商榷的意见，是否已和上海联系？如果完全同意，是否已经签字寄还？先把签订合同这件事办完。上海文化出版社的地址是上海绍兴路 74 号，邮编是 200020。

（二）我初步提出的前三卷的主题：第一卷汉语拼音，第二卷中国语文改革，第三卷比较文字学研究，是否可行？是否反映了您研究的主要方面？如果不妥，要怎么改动？按照这三个主题，编入您的七本书，您觉得是否可行？需要如何调整？如果您认为这样安排基本可行，按照每卷大约 30 万字的字数，对七本书要做些选择。这就进入了前三卷的具体编选。

（三）如果您同意从那七本著作中编选，请您检查一下：那七本书的出版合同，哪些已经过期？（如已过期）就不必去和原来出版社联系（自然也可以打招呼，对方没有不同意的理由）；哪些合同仍然有效？（如仍然有效）就要取得原出版社的同意。具体工作由我去做，就像您说的，以免将来人事更选，引起纠纷。

以上三个方面，您这次信中都没有谈到。我还不知道您的意见。我要得到您的意见才可行动。

祝

春安！

学生　苏培成

2000-03-23

2000年3月26日　周有光致苏培成

培成同志：

2000-03-23 来信收到。谢谢！

（一）您的选编计划我同意。只是论文一卷可以删去后面的"语文闲谈"和"现代文化"，使全卷内容一致。

（二）您计划选用的七本书，我查我的存档，只有《比较文字学初探》一本有合同，1998 年 4 月 1 日订约，限期 10 年。其他的书都没有找到合同。大概订合同是新的制度，实行不久。从前的权利和义务是由出版局的章程来规定的。也可能是我保存不完备，丢失了合同。

（三）我想，最好由您跟原出版社联系好之后，再把合同寄还给上海出版社，以免还有什么问题。上海出版社和原出版社之间的交换信稿，也要由您起稿。合同请复印留底。

（四）这里附上我签字的合同一式两份，请您在合适的时候邮寄上海。一切麻烦您经手。谢谢！合同上我加括弧说明您是主编，请原谅！

（五）每卷需要删节的地方，以后从容商量。

祝您健康、愉快！

周有光

2000-03-26

2000 年 3 月 28 日　苏培成致周有光

周先生：您好！

（一）3 月 26 函敬悉。两份合同中的一份已经寄给郝铭鉴[1]，另一份原件现寄给您。我另外复印了一份备查。我们要遵守的承诺是：今年 7 月 1 日前交稿。

（二）和几家原出版社正在联系。和顾士熙通了电话，说明了情况，他还没有答复。清华的吕嘉出差，他介绍我去找胡苏薇（Tel：6278××××），还没联系上。我已经给徐川山和黄成稳写了信。刚刚收到黄成稳的电话，人教社表示同意，要上海给他们的版权处寄一公函，由他们复一函加以确认就可以了。黄还答应寄一本《中国语文纵横谈》给我，供编选用。

（三）全书的框架。开始有您的一篇文章，讲治学经过、经验等。每卷开始有几张照片，有一篇简短的编选说明，由我起草，您定稿。每卷后附"名词术语索引"，像《王力文集》那样。人名要不要单编索引，要听取您的意见。第四卷末附"著作目录"。这样一个框架是不是合适？

（四）受字数的限制，对已经发表的专著要做点压缩，这是

---

[1]　郝铭鉴先生时任上海文化出版社社长，对《周有光语文论集》的编辑出版给予大力支持，亲自担任该书的责任编辑。——苏培成注

不得已的事，请您谅解。字数的压缩不能破坏原著的系统性。前两卷容易解决，第三卷比较困难。

第一卷收《汉字改革概论》和《汉语拼音方案基础知识》，两书共 34 万多字，要压掉 4 万多字。我建议删去《汉字改革概论》的第六章"汉字简化"和第七章"汉字改革运动的新开展"。《汉字改革概论》以 1979 年第三版为底本，保留"三版序言"。"三版后记"还要不要，请您示知。

第二卷收《中国语文纵横谈》和《中国语文的时代演进》，两书共 35 万多字，要压掉 5 万多字。我建议把两书的"附录"大部分删去，只保留个别的，这样字数就合适了。

上述建议，您如果同意就确定下来，我就可以动手进行必要的编辑加工，加工限于核对引文，纠正排印的错误。因为您的著作本身十分完整，加工不很困难。

（五）《世界字母简史》《世界文字发展史》和《比较文字学初探》三部著作将近 100 万字，从中怎么选出 30 万字，十分困难。我初步的想法是《世界字母简史》只得割爱，从《世界文字发展史》里选取少量章节，把《比较文字学初探》删去少量章节。是否可行，请把您的意见示知。

第四卷的编选可以放后一点，待前三卷编好后再考虑。

敬问

春安！

学生　苏培成

2000 年 3 月 28 日

2000年3月31日　周有光致苏培成

培成同志：

2000-03-28 来信和合同收到。谢谢！您的设想都很好。

（一）全书开始，您看是否可用我的《我和语文现代化》（载《学林春秋》）那一篇？

（二）我想，只在第一卷开头附一张半身照片，其他各卷不再另附照片，也不必附名词索引和人名索引，这样可以节省出版成本，并节省编辑许多劳动和时间。我的书比较通俗，容易看懂。

（三）第一卷可以照您的计划删去第六章和第七章；"三版后记"也可以删去，在"三版序言"之前可以再加一篇第一版的"序言"，作为历史记录。

（四）第二卷和第三卷可以照您的设想删节。删去《世界字母简史》，很好。

祝您工作顺利！

周有光

2000-03-31

2000年4月5日　苏培成致周有光

周先生：

您好！3月31日函敬悉。

（一）全书开始，就用您的《我和语文现代化）。每卷前面可能还要有几张照片，因为合同第七条第三款有这项内容，不便违反。不附索引，就照您的意见办。

（二）这几天我在考虑第三卷的内容。以前我建议："从《世界文字发展史》里选取少量章节，把《比较文字学初探》删去少量章节。"真正动手去做感到十分困难，因为这两部书都是完整的学术著作，任何删选都会破坏系统性，可是受字数的限制，又不能全部收进去。您看怎么办为好？目前我的想法是：第三卷收《比较文字学初探》的全书，也只收这一部书。《世界文字发展史》的有些内容可以在第四卷选入相关的论文作为弥补。《初探》有35万字，已经超过了30万字，多就多一点，那也没有办法。《初探》实在太重要了，不能删去什么。为了保持全书约120万字的规模，第四卷可以少选两三万字。也就是说第三卷比第四卷篇幅多一点点，不完全平衡。这是下策，可一时也想不出稳妥的办法，求您指导。第四卷选收与前三卷基本不重复而又比较重要的论文。后两卷的内容确定后，全书的面貌就清楚了，编选的工作可以说完成了一半。

（三）这段时间我给您添的麻烦太多了，真不好意思，也很怕影响您休息。一旦第三、四两卷内容确定后，具体的事情就尽量少打扰您。

问

春安！

学生　苏培成

2000 年 4 月 5 日

2000 年 4 月 8 日　周有光致苏培成

培成同志：

2000-04-05 来信收到。谢谢！

（一）照片如果非要不可，我将请张允和代我准备。

（二）三卷专收《比较文字学初探》，很好。多 5 万字，可删去不必要的章节和举例。

（三）《世界文字发展史》可以不收。因为《初探》中也包含了文字史的轮廓。

（四）四个卷册的分量保持平衡比较好。

请注意您的身体，不要过分辛苦。

祝您身体健康、工作顺利！

周有光

2000-04-08

2000 年 4 月 24 日　周有光致苏培成

培成同志：

（一）日前寄上《中国语文的时代演进》勘误表，已否收到。

（二）这里附上《应用语言学的三大应用》和《文明古国的知识现代化》，以备选用。

（三）建议您问一下上海的出版社，我的书本和稿件大都有磁盘，他们能否在电脑上转录，随即进行编辑，省去大量打字抄录和重新校对的工作？这样可以大大提高速度。

（四）语文出版社和清华大学出版社已经有回音了吗？

（五）照片已经准备好。

祝您身心愉快！

周有光

2000-04-24

2000 年 4 月 26 日　周有光致苏培成

培成同志：

下面提一点关于如何删节书本的意见，供您参考。

《中国语文纵横谈》似可删去：(1) 全部脚注；(2) 全部附件；(3) 最后第五章的"第四节"（拼音化和信息化）。

《中国语文的时代演进》似可删去：(1) 全部附录；(2)"六、少数民族的语言和文字"；(3)"七、向信息化时代前进"。

这样，两书篇幅可能减少到接近计划的限制。

另附上《中国语文纵横谈》勘误表。

祝您身体健康！

周有光

2000-04-26

《中国语文纵横谈》勘误表

页	行	错误	请改正为
4	11	确认公布	确认（删去"公布"）
10	15	东方文化	东亚文化
15	7-8	括弧内（越南…东南亚）	括弧内全删去。
16	2	括弧内（请看…形式）	括弧内全删去。
19	8-9	括弧内（参看…地方表）	括弧内全删去。
29	11	括弧内（参看…特点）	括弧内全删去。
38	12	1885年	1985年
72	8-9	括弧内（文字…从略）	括弧内全删去。
104	6	马文字	古文字
	11	通马斯	通古斯

135页，倒1行　"请看…（附图）"一直到136页末两行和137页头3行，都删去。

136-137页　这里的两种附表（"钉头字…变化"；"钉头字…样品"），都删去。

138页　此页附图，全页删去。

140页　此页中的附图，删去。

141页　此页中的附图，删去。

142-143　此两页的附图（马亚字样品），删去。

254页　"五千年前"之后，第二个箭头错∫。要把箭头改向左。

255页，倒3行　阿拉伯文中的数码，0下是一个点子，不是一条线。

271页，5行　"（wapuro）"，删去。

还需要查看，文中有无其他不必要的括弧说明。删去附件后，括弧说明成为多余的了。

周有光先生整理的《中国语文纵横谈》勘误表

54

2000 年 4 月 27 日　周有光致苏培成

培成同志：

（一）为了减少篇幅，可以把各本书稿中的插图删除，只留《比较文字学初探》一书中的插图。各书插图大都类似，删除无妨。

（二）《比较文字学初探》也多余 5 万字。似可删除各章各节末尾的"申谢"和"参考"。这大约可以减少 2 万字。此外要在文稿中酌量删除不必要的文句。第 118 页的"附录"可以删除。

（三）附上《比较文字学初探》勘误表。

祝您健康、愉快！

周有光

2000-04-27

《比较文字学初探》勘误表

（页）	（行）	（错误）	（更正）
前言2	8	"19世纪"之后，多一个顿号，删去。	
6	倒10	但是在	在（删"但是"）
57	14	"被忘"	"备忘"
66	3	公元前6年	公元后75年
同上		西汉末	东汉初
179	5	表示前l走	表示前进
205	9	教育用字	教育汉字
229	倒5	不合之处	有不合之处
291	倒4	或者字上加点	或者字上加撇
328	倒11	《日本书记》说	《古事记》(712年编)和《日本书记》(729年编)都说
34J	倒5	夂t	厶t
359	倒8	i c o u	i e o u
400	倒5	150	150万
430	倒9	英国,	英国（删逗号）
432	2	b a e	a e
433	倒12	('·^,)	('`^,)
	倒2	(,-)	(,')
437	倒8	('`?-.)	('`?~.)
440	倒2	文字	汉字

周有光先生整理的《比较文字学初探》勘误表

56

2000 年 4 月 30 日　苏培成致周有光

周先生：您好！

（一）您给我的信，4 月 20 日、4 月 24 日、4 月 26 日、4 月 27 日的，共四件都收到了。语文现代化学会缺少经费。为了挣点钱，学会在张家界办了个研讨班，我从 4 月 19 日到 30 日去了那里，刚刚返京，所以回信迟了，让您挂心，很对不起。这次办班参加的学员不多，结果还是没有挣到钱，白忙了一阵。

（二）语文出版社、人民教育出版社、清华大学出版社对于出版《论集》都表示支持，都很友好，同意使用您在他们那里出版的著作。上海文化出版社的商请函也已经寄来。"五一"假期后，我去三家出版社跑一趟，估计就能解决，请您放心。

（三）在信里讲的意见都很重要，我一定照办。第一、第二两册，字数符合要求，只是第三册很难压缩。要保持四册书每册字数大体相当，第三册还要想想办法。

（四）我参考了《王力文集》和《吕叔湘文集》的编法，形成了如下的意见，请您酌定：

第一册　卷　首：出版说明（我代出版社拟稿），您的近
照，本册目录，《我和语文现代化》。

第一卷：本卷编选说明，《汉字改革概论》，《汉
语拼音方案基础知识》。

第二册　第二卷：本卷编选说明，《中国语文纵横谈》，
《中国语文的时代演进》。

第三册　第三卷：本卷编选说明，《比较文字学初探》。

第四册　第四卷：本卷编选说明，论文选。

每卷开头有几张照片。您的论著目录要不要，听取您的
意见。如果要，就放在第四卷的卷末。

（五）关于顿号的使用，向您请示。如《初探》第215页
倒12行："壮语属汉藏语系、壮侗语族、壮傣语支。"这两个
顿号能不能去掉？语系、语族、语支三者不是并列关系，是
大包小，如同"北京市东城区朝内大街"，在"北京市"和
"东城区"的后面不用顿号。

（六）《汉语拼音方案基础知识》第48页倒4行："大量阅
读，勤笔写话。"有没有错字？

（七）上海文化出版社的郝铭鉴先生5月份可能来京。您
如果有什么要嘱咐的，到时候可以约他见面。照片可以当面
交给他，以免邮寄丢失或损坏。关于磁盘，以前我问郝先生，

58

他说要。但同时也要文字稿。

（八）今年上半年一定交稿，不拖期，我在 5 月底把大部分编好的稿子交给您，由您最后审定。

敬祝

文安!

受业　苏培成

2000-04-30

2000 年 5 月 1 日　苏培成致周有光

周先生：您好！

　　我草拟了"出版说明"和"本卷编选说明"奉上，请审定。对"出版说明"，请您着重在事实方面核定补充，评价的高低您不必介意，因为还要取得出版社的同意。

　　祝节日快乐！

受业　苏培成

2000-05-01

2000 年 5 月 3 日 周有光致苏培成

培成同志：

2000-04-30 和 2000-05-01，两信收到。谢谢！

（一）"出版说明"很好。其中，"科教组"请改为"教育组"。"参与了"请改为"主持了"或"负责了"。"本卷编选说明"很好。

（二）《比较文字学初探》多余 5 万字。似可删除后面：（二）战后新独立国家的拉丁字母文字；（三）中国少数民族的拉丁字母文字；（四）拉丁字母的应用技术（p. 394—p. 440）。还可删除"玛雅字识读举例"（p. 125—p. 156）。

（三）可以有一个"著作书本目录"，不要"论文目录"。

（四）顿号可以删除。

意见妥否请您再考虑一下。

祝您健康、愉快！

周有光

2000-05-03

2000 年 5 月 10 日　周有光致苏培成

培成同志：

　　这里再寄上旧稿一篇《应用语言学的三大应用》，备您选择，可用可不用。发表时候做了多处删节，这是完整的原文。

　　祝您工作顺利！

周有光

2000-05-10

2000年5月12日　苏培成致周有光

周先生：您好！

（一）5月10日来函及《应用语言学的三大应用》都收到了。这是一篇十分重要的好文章，就按照原文把它编到《论集》的第四卷，一定会受到读者的欢迎。

（二）清华大学出版社同意《论集》使用《中国语文的时代演进》，已经签了协议。协议的正式文本寄给上海文化出版社，复印件现在奉上，请您收阅。人民教育出版社同意使用《中国语文纵横谈》，我已经把上海的协商函交给他们了，他们答应把表示同意的函件直接寄给上海文化出版社。这两家出版社的问题圆满解决。现在只剩下语文出版社。"五一"前我和顾士熙联系，他已经同意《论集》使用《汉语拼音方案基础知识》和《比较文字学初探》，并提出要象征性地收点费用，我也表示了同意。5月10日我到语文出版社，顾出差，我见到了李守业（语文社的办公室主任），李提出《初探》印了3000册还没卖完，编入《论集》会影响语文社的收入，表示还要"研究研究"。我说："请你大力支持。"看来只得等顾出差回来再商量。以前我和李守业打过两次交道都不很顺利，反对语文出版社接受出版《语文现代化论丛》（第四辑）的也有这位李守业。

（三）我把准备编入《论集》的五部著作又学习了两遍，很受教益，衷心感谢您的教诲。改正了书中的印刷错误，核对了引文，也还有个别问题一时弄不明白。下面提出两个，向您请教。

第一，关于1919年"心目克明"盲文的点数，《汉字改革概论》第三版第215页倒5行，说是54个。《中国语文纵横谈》第229页第9行，说是52个。《汉语拼音方案基础知识》第77页第7行，也说是52个。您看怎么处理？

第二，《中国语文纵横谈》第219页倒5行和第220页第6行"比较不同方案对罗马字的用法"中，和拼音ng对应的"注音字母"是ㄥ，和拼音-i，-i对应的"注音字母"是ㄕ和ㄙ。我想《汉语拼音方案》"韵母表"指明：ㄥ的音值是ang，不是ng。ㄕ和ㄙ是声母，也用来代表音节"诗""斯"，是不是也可以代表"诗""斯"的韵母。这里是不是可以改用注音字母ㄭ和帀。另外，第221页倒1行"四时"的韵母注成ι和ï。《方案》的韵母表里没有这两个形式，读者会不会产生疑问？

祝幸福愉快！

受业　苏培成
2000-05-12

2000 年 5 月 16 日　周有光致苏培成

培成同志：

2000-05-12 来信收到。谢谢！

（一）"心目克明"请一律改为 54 个符号。

（二）"诗"和"斯"的韵母，以及 eng 和 ng，用注音字母表示的方法，请照您所说的改正。我的打字机中，没有国际音标，没有表示舌尖前后元音的注音字母，没有表示 ng 的注音字母。这里只能借用"帀"和"π"。ng 应当用 π 来表示，eng 应当用 ㄥ 来表示。"诗"的韵母有时用"i"（两点），"斯"的韵母有时用"i"（无点），而拼音都写"i"（一点）。这比国际音标方便，但仅仅用于说明音值。

（三）写《汉字改革概论》时候，我使用"正字法"的说法，后来我改为"正词法"的说法。这一点，请在《概论》中由编者加注说明。从 50 年代到 90 年代，语词、概念和理论，有不少经过了逐步改进。这要不要附注说明？还有，当时用的政治性骂人话，要不要改？请考虑。

（四）请考虑，可否把《比较文字学初探》放在第一卷，而把《汉字改革概论》放在第三卷？以免选集一开头就给人看过对的东西？

65

祝您工作顺利!

周有光

2000-05-16

2000 年 5 月 26 日　苏培成致周有光

周先生：您好!

5 月 16 日函收到了。

《语文论集》共四卷，初步编就，请您审阅，提出意见。我根据您的意见修改后，成为定稿，然后寄出版社。

祝健康愉快。

受业　苏培成

2000 年 5 月 26 日

附说明和问题

一、《汉字改革概论》还是放在第一卷好。这部著作不但有历史文献价值，还有现实的学术价值。关于汉语拼音方案的解说，目前为止，还是最准确、最有说服力的著作。把它放在第一卷，便于看出学术研究的历程，和《我和语文现代化》的叙述顺序也一致。

二、我做的一点工作有：改正排印错误（也可能被我改成），核对引文（可能是版本不同），统一体例，统一译名，还有题有重复。在前四种著作里有些内容反复出现，如：被体汉字字例〈yi〉，施氏食师史，守温三十六字母，汉语十二种音节结构(a, ka…)，北方曲艺十三辙，汉语手指字母图，汉字简化方案，汉语拼音正词法基本规则，声母诗〈采桑〉的母诗〈捕鱼〉等。我行删繁一点增缺，不影响上下文的表述。另外还剧去一些引号。不妥之处，请您指示，再改回来。

三、《汉字改革概论》里有几个地方说到"国民党反动派""国民党反动政府"，保留了那个时代的用语习惯，我把"反动派"和"反动"删去了，一共5处。

四、还有几个问题，向您请教：

1.《中国语文的时代演进》第54页倒6行，说到《第一批异体字整理表》推行时候非常顺利，没有遇到阻力。据我所知，文字学朋友写那个字表是有很多意见的，不过没有机会发表。我建议把"非常顺利"改为"比较顺利"。是不是可以？

2.关于《比较文字学初探》这部著作的：

——(1)第112页10行，甲骨文占卜的方法，"使凹槽裂开，成长短横竖不同的纹路"。我从研究甲骨文的著作里得知，占卜时用火烧灼，是使凹槽的背面显出不同的纹路，不是使凹槽裂开。 〔要改！〕

——(2)159页中间下"另一-10类的说法是：横、竖、反、揭折、正折、倒、一再折、方、圆"。列出的是9类，少一类。 〔要补！查不到！〕

——(3)160页11行和倒6行"Paul Viat"译为"保罗维亚尔"，名和字中间是不是有一个圆点？ 〔画去见〕

——(4)彝文的例子：

164页1行： 彐嫘，兆㮃，达墡 〔哪个正确？——209〕
209页倒8行： 彐㮃，兆㮃，兴㮃

——(5)194页9行《苗文字正谱》，227页9行《苗文正谱》，哪个正确？——227

——(6)195页9行，夵bdyi母，233页2行 ndyi母。哪个正确？——233

——(7)196页11行《柯记山花》，241页8行《词记山花》。哪个正确？——196

——(8)353页2行"阿拉马字母——从叙利亚横跨欧亚大陆——一直传到中国的东北。"同页15行也有类似的论述。"欧亚大陆"是否有误？ 〔应改"亚洲"〕

——(9)357页倒2行，藏文的音节结构有37种基本形式。359页倒7行，说有36种，哪个正确？——36

——(10)386页9行，西里尔字母"i-e连接成E"，是否有误？ 〔不错，后来削去了〕

五、《我和语文现代化》里谈到《汉眉的内在规律和汉字的内在规律：中文输入法的两种基本原则》一文，我没有找到，请告诉我发表在什么地方？

六、《文字发展规律新探索》1a页yaxum（树叶），4页倒13行YARUM（树叶形），哪个正确？——树叶形

〔请看附上的差印本。〕

苏培成为《周有光语文论集》提出的编辑意见以及周有光的批注

2003 年 10 月 19 日　周有光致苏培成

培成同志：

这里附上：

(1) 台湾《国语日报》转载香港《语文建设通讯》的《西学东渐和中国文字改革》。

(2) 草稿《学习"与时俱进"》。

请参考。请指正。

专祝

时祺!

周有光

2003-10-19

2004 年 2 月 9 日　周有光致苏培成

培成同志：

我患肺炎和非传染性肝炎，紧急住院，中西兼治。承来看望，谢谢！

99 岁生日是在医院里过的。医院送我一个大蛋糕，一大盆花，还有其他玩意儿。我成为医院的观赏动物，同院病员们来窗外看我这个高龄的稀有品种。

佛家说，99 岁是圆寂的最佳年龄。可是医生只顾治病，不管寿命。我只得在疾病度过危险期之后，在前日回家继续治疗。重返小楼斗室，消磨未尽尘缘。

您 2004-02-08 来信，收到了。

我同意商务出版论文选集。您的选目也选得很好。只是走出了语文，包括了文化，是否可以改名"语文和文化论文选"❶？请考虑。谢谢您！

---

❶　为了祝贺周先生百岁华诞，我在 2004 年年初向商务印书馆建议编辑出版《周有光语言学论文集》，很快得到馆里的同意，并决定由我负责编选，我于是写信报告周先生。周先生提议书名改为"语文和文化论文选"，后来因为要与同类选集的名称保持一致，周先生撤回了提议。《周有光语言学论文集》2004 年 12 月由商务印书馆出版。——苏培成注

以后请勿用"恩师"字眼。

祝您

健康快乐！

周有光

2004-02-09，时年 99 岁的第 28 天

2004 年 2 月 25 日　周有光致苏培成

培成同志：

接到您 2004-02-25 来信，非常高兴！像这样的"切磋"，过去太少了。学问必需通过"切磋"然后容易进步。

这里有几个问题需要进一步思考：

（一）文字的"性质"是否就是文字的"类型"？

只研究一种汉字，无从发生"类型学"，这是中国文字学的一大缺点。语言学是从"比较"和"分类"进入科学领域的，文字学也只有从"比较"和"分类"进入科学领域。

（二）研究"汉字"的性质，是否需要先研究"文字"的性质，从全体来看个体，容易看得明白？

（三）文字的特征，是否有三个方面？三个方面，是否就是：(1) 符号形式，(2) 语言段落，(3) 表达方法？

符号形式可以用"视觉"来测量，不能用"听觉"来测量。语言段落可以用"听觉"来测量，不能用"视觉"来测量。证明这是两个不同的侧面，不是一个侧面。每个侧面又可以分为若干层次。对吗？

（四）"表意"属于"表达方法"，不属于"语言段落"。表达方法分：(1) 表形，(2) 表意，(3) 表音，还有，(4) 表形兼表意，(5) 表意兼表音，(6) 表形兼表音。对吗？

（五）我避免用"语素"这个术语，因为它包含三种含义：(1) 语素＝词素；(2) 语素＝词素和音节；(3) 语素＝词素或音节。为了使含义精确，我用"语词和音节"之类的说法。行吗？

（六）文字类型有"逻辑类型"和"实际类型"的分别。"实际类型"要有具体例子才算。"表意文字"是一个"逻辑类型"，还没有找到具体例子。"实际类型"大都是"跨类"的，例如：形意文字类型，意音文字类型。对吗？

（七）"语言段落"分为：(1) 长语段，包括：a. 篇章，b. 章节，c. 语句；(2) 短语段，包括：a. 语词，b. 音节，c. 音素。对吗？

（八）人类文字史的分期，从表达方法的角度来看：(1) 原始文字又可称为"形意文字"，(2) 古典文字又可称为"意音文字"。对吗？

（十）裘锡圭的"三书说"（意符、音符、记号），很好。他跟西欧的"三书说"（意符、音符、定符）相近。二者的区别在哪里？

成熟的文字都脱离了"表形"时期，"隶变以后无象形"。所以"三书说"中没有"形符"。但是研究人类文字史，不能不谈"形符"。对吗？

这些问题，请您慢慢思考，告诉我您的看法。

谢谢！

再见！

周有光

2004-02-25

2004 年 3 月 26 日　周有光致苏培成

培成同志：

2004-03-21 来信收到。

书名按照商务统一为好。

请再寄我一份您的选题目录。

三篇规律❶写得不好，勿用。

谢谢！谢谢！

祝您

工作愉快！

周有光

2004-03-26

---

❶　指的是周先生写的《文化的创新规律》《文化的衰减规律》《文化的流动规律》三篇文章。——苏培成注

2004 年 4 月 4 日 周有光致苏培成

培成同志：

2004-03-28 来信收到。

选目很好。

请考虑：可否再增加一篇《华夏文化的光环和阴影》?

谢谢！谢谢！

祝您

工作愉快！

周有光

2004-04-04

指的是周先生写的《文化的创新规律》《文化的衰减规律》《文化的流动规律》三篇文章。——苏培成注

2004 年 8 月 20 日　苏培成致周有光[1]

周先生台鉴：

您寄给我的《苏州评弹记音记谱》收到了，谢谢！

您寄给我的《人类社会的文化结构》收到了，已经读了几遍，多谢！

您让我为《周有光语言学论文集》撰写"编选序言"，我受宠若惊，又诚惶诚恐。用了不少时间才写成个草稿，现在寄上请您审阅。您是我的老师，老师为学生批改作业是很平常的事，请您抽时间批阅我这份作业。我说错了的地方您不必生气，打个叉子我就知道了。如果您认为根本不能用，就推倒重来。

另外，我协助魏励同志编校书稿时，发现有几个地方似有可商，请您指正：

1.《周有光语文论集》第四卷第 112 页倒数第 3 行讲"注音识字法"时用了"勤笔写话"，不知是否有误。

2.《周有光语文论集》第四卷第 171 页倒数第 4 行："1955

---

[1] 为了祝贺周先生百岁华诞，我在于 2004 年 1 月出版在 2004 年初向商务印书馆建议编选出版《周有光语言学论文集》，建议获得采纳。这封信谈的就是有关编选论文集的事。魏励是《论文集》的责任编辑。
周先生收到这封信后，对我提出的四个问题表示了意见：第一个问题"不改"，其余三个问题"改"。《周有光语言学论文集》。——苏培成注

年北京成立'中国文字改革委员会'"，"1955 年"似应为
"1954 年"。

3.《现代文化的冲击波》第 121 页倒数第 5 行："战国晚期
的《吕氏春秋》《淮南子》……"《淮南子》是西汉著作，可否
改为："战国晚期的《吕氏春秋》和西汉时期的《淮南子》。"

4.《现代文化的冲击波》第 122 页 5 行："'言语异声'不
过像今天汉语的'七大方言'，属于同一个'语族'。"汉语的
"七大方言"同属汉语，"语族"是语系的下一个层级，大于语
言。"属于同一个'语族'"，可否改为"属于同一个语言"？

敬问
秋安！

学生　苏培成
2004 年 8 月 20 日

77

2004 年 11 月 15 日　周有光致苏培成

培成同志：

　　新写一篇稿子，请您指正。(尚待修改)

　　人民教育出版社的课本❶，出版没有？他们没有来联系。

　　再见！

周有光

2004-11-15

---

❶　那一年我参加了人民教育出版社编辑高中《语文》教材的工作，我建议教材选入了周先生写的《语言生活的历史进程》，得到了人教社的同意。教材出版后，不知为什么人教社一直没有和周先生联系。——苏培成

2005 年 2 月 26 日　周有光致苏培成

培成同志：

再谈文字的性质问题：

（一）我把"语言段落"分为"长语段"和"短语段"，再各分几个层次。"长语段"都是"不成熟"的文字，"短语段"都是"成熟"的文字。这样分，好不好？

（二）"语言段落"中，我不列"短语"（词组）。因为：（1）"短语"的含义太复杂；（2）没有以基本符号代表"短语"的实际文字。

（三）只看一种文字，不可能产生"文字类型学"。可是，"文字类型学"是使"文字学"成为科学的必不可少的条件。这一点很重要。

（四）"表达方法"是文字特征的一个重要方面。文字特征一共有几个方面？三个，两个？

（五）正式的"日文"都是"汉字"和"假名"的混合体。单写"假名"，只在特殊场合适用，不是正式文字。过去有过单写"假名"的"假名文字运动"，没有成功。这个运动已经消失。

（六）潘钧的《现代汉字问题研究》，可否借给我一看？

我们这样"讨论""切磋"，有意义吗？

我认为，很有意义。而且，意义重大。

这关系到一门学科的改进。

最好还要有面谈。

谢谢！

祝您春节快乐！

周有光

2005-02-26

原信附录：

文字学的新发展

周有光

（一）文字学的新发展

1980年代以来，文字学在中国悄悄地发生了新的发展。文字学古称"小学"，清末称"文字学"，1950年代称"汉字学"。名称一再更改，表示认识在逐步前进。"小学"改称"文字学"是学科的正名；"文字学"改称"汉字学"表示认识到汉字学是文字学的一个部分。1980年代，从传统汉字学中分出一个分支叫做现代汉字学，研究现代汉字的特点和当前的应用问题，区别于研究汉字形意音古今演变的历史汉字学。同时，扩大研究范围，对汉语的汉字和三十来种非汉语的汉字型文字进行研究，形成广义汉字学，其中有奇特的女书。再扩大一步把全世界古今文字作为一个总的系统来进行研究，形成人类文字学，从中分出一个新的分支叫做比较文字学。正像语言学就是人类语言学，文字学也应当就是人类文字学。

现代汉字学的成立，使汉字学的作用从主要为阅读古书服务，改为主要为现代文化生活服务。现代汉字学发展很快，在短短十几年中，上海师范大学、华东师范大学、北京语言大学、北京大学、北京师范大学、中国人民大学、广西大学、河北师范大学等开设了现代汉字学的课程。更多大学在"现代汉语"课程中开辟了现代汉字学的篇章。出版的现代汉字学专著有：张静贤《现代汉字教程》（1992）；高家莺、范可育、费锦昌《现代汉字学》（1993）；苏培成《现代汉字学纲要》（1994）；尹斌庸、罗圣豪《现代汉字》（英文，1994）；李禄兴《现代汉字学要略》（1998）；杨润陆《现代汉字学通论》（2000）；苏培成《一门新学科：现代汉字学》（2000）。详见苏培成《二十世纪的现代汉字研究》。

（二）汉字性质的研究

中国语文的著作中都有"汉字性质"的讨论。但是，众说纷纭，莫衷一是。苏培成在他上述著作中介绍了三十多位中外学者的说法。说法分为两类，一类以"语言段落"作为根据，另一类以"表达方法"作为根据，每类各分若干小组。下面是他们说法的归纳分类：

甲类：以"语言段落作为根据，分为三个小组：

（1）语词文字。又称：词素文字、词符文字、表词文字、表词字。提出者：赵元任、王伯熙、格尔伯、伊斯特林、布龙菲尔德。

（2）语词和音节文字。又称：语素文字（包含成词语素和不成词语素）、语素音节文字、音节语素文字。提出者：吕叔湘、朱德熙、李荣、苏培成、孙钧锡、叶蜚声、徐通锵、尹斌庸、希尔、桑普森、德范克。

（3）音节文字。提出者：张志公。

乙类：以"表达方法"作为根据，分为六个小组：

（4）表形文字。又称：形符文字、衍形文字、象形文字。提出者：姜亮夫、云中、吴玉章。

（5）表意文字。又称：表意体系文字、衍意系统文字。提出者：索绪尔、梁东汉、叶楚强、黄伯荣、廖序东、王凤阳。

（6）表音文字。提出者：姚孝遂。

（7）表形和表意文字。又称：因义构形。提出者：王宁。又可归入表意文字。

（8）表意和表音文字。又称：意音文字、音义系文字。提出者：徐银东、周有光、裘锡圭。

（9）表音和表形文字。又称：形音文字。提出者：刘又辛。

以上各种说法，有的似异而实同，有的似同而实异。汉字性质问题需要深入研究。

（三）文字类型学的研究。

"汉字性质"说法纷纭，原因在：什么叫做性质，各人理解不同；如何观察性质，各人视角不同，于是产生"盲人摸象"现象。从上面九个小组的说法来看，所谓"性质"都是指"文字的特征"。收集文字的特征并把它们分门别类排比研究，这就是"文字类型学"。我曾提出一种"文字三相分类法"，把文字的特征分为三个方面（三相）：符号形式、语言段落和表达方法。每一方面又分为几个层次，列出一张表格，要点如下：

（符号形式）	（语言段落）	（表达方法）
图符（图形符号）	语词	表形
图符和字符	语词和音节	表形和表意（形意）
字符（笔画结构）	音节	表意
字符和字母	音节和音素	表意和表音（意音）
字母	音素	表音

这些是文字的主要特征，还可以进一步再作分层。每一种文字都有三方面的特征，不同方面的特征同时并存，并非彼此矛盾。三方面特征的聚焦，就是这种文字的类型。

例如：现代汉字，从语言段落来看，是语词和音节文字（又称"语素文字"）；从表达方法来看是表意和表音文字（又称"意音文字"）；从符号形式来看，是字符文字。完整的说法是：字符·语词和音节·表意和表音文字。（古代汉字"甲金篆书"用"图符"，现代汉字"隶楷"用"字符"，古今"符号形式"不同）。又如：现代日文，从语言段落来看，是语词和音节文字；从表达方法来看，是表意和表音文字；从符号形式来看，是字符和字母文字。完整的说法是：字符和字母·语词和音节·表意和表音文字。

多数学者认为现代汉字是"语素文字"，"语素"包含"成词语素"（语词）和"不成词语素"（音节）。一些人认为现代汉字是"意音文字"，"意音"是"表意和表音"的省略。这两种说法并非相互矛盾，而是各自抓住一个方面的特征。前者以语言段落为根据；后者以表达方法为根据。两个方面的特征是同时并存、相互补充的。兼顾两方面，才是完整的看法。

（四）人类文字史的分期研究

研究人类文字史首先遇到的问题是如何分期？中外关于人类文字史的著作，现在还没有共同的分期方法。

迪龄格的名著《字母——人类历史的钥匙》（英文，1947）中，把人类的文字分为"非字母文字"和"字母文字"两大类，也就是两个历史时期。他的文字分类法可以列表如下：

文字胚胎——图像和魔符——备忘设计——象征信号

真文字——图形文字——表意文字——过渡文字——表音文字

其他学者有各自的文字分类法和人类文字史的分期法。在今后的深入研究中，可能逐步建立共同的客观认识。

我在《世界文字发展史》里把人类文字史分为三个时期。（1）原始文字时期。所有尚未成熟的文字都归入"原始文字时期"，包括刻符、岩画、文字画、图画字。什么叫做"成熟"？"成熟"就是"能够按照语词次序无遗漏地书写语言"。（2）古典文字时期。"古典文字"包括各种成熟的文字，能够代表高度文化，但是尚未字母化，例如：丁头字、圣书字、汉字。（3）字母文字时期。完全使用字母的文字归入"字母文字时期"，分为三个阶段：音节字母、辅音字母和音素字母。

历史分期法是文字的纵向排列，文字分类法是文字的横向排列，纵横结合得到文字的时空坐标。这是文字学的定位基础。

（五）比较文字学的研究

只研究一种文字，不发生比较问题；以多种文字为研究对象，就发生比较问题。比较产生理解。比较方法是使"知识"提升为"学术"的门径。比较文字学是人类文字学的构成部分，也可以说这是一种文字学的研究方法。语言学是因比较而走进科学领域的。比较语言学已经达到很高的水平。文字学也只有通过比较而走进科学领域。比较文字学今天还处于幼稚状态。

"六书"（象形、指事、会意、形声、假借、转注）是中国传统的造字和用字原理。西欧考古学者在释读丁头字和圣书字的时候，发现它们跟汉字的形制有相似之处。日本学者用"六书"比较丁头字、圣书字和汉字的结构，当时没有引起中国学术界的注意。我进一步具体研究这个问题，发现。"六书"有普遍适用性，可以用来解释跟汉字类型相同或相近的其他文字。我比较了汉字、丁头字、圣书字、玛雅字、彝文、东巴文等六种文字中的"六书"，证明它们虽然外形迥然个同，而内在结构如出一辙。这是对古典文字的共同性的新认识。

比较文字学要比较各种文字的形体和结构传播和演变、应用功能、历史背景，从而了解人类文字的发展规律。比较的目的不仅是阐明相互之间的差异性，更重要的是阐明相互之间的共同性。

许慎在公元 100 年写成《说文解字》，开创了文字学，从此逐步扩大研究范围。从古到今，从中到外，从微观到宏观，是文字学的发展趋向。文字学已经开辟了一片学术研究的新大陆，等待学术探险者去开发。

2005-02-14，时年 100 岁

2005 年 2 月 27 日　周有光致苏培成 ❶

培成同志：

您 2005-02-24 来信，收到了。谢谢！

（一）您修改得很对。我将按照改正。

（二）您说得对："古典文字"就是"语素文字"，"字母文字"就是"表音文字"。

历史分期：(1) 原始文字，(2) 古典文字，(3) 字母文字。

（不是文字类型）

表达方法：(1) 形意文字，(2) 意音文字，(3) 表音文字。

（实际类型）

逻辑类型：(1) 表形，(2) 形意，(3) 表意，(4) 意音，

(5) 表音。

符号形式：(1) 图符字符，(2) 字符字母，(3) 字母符号。

（实际类型）

逻辑类型：(1) 图符，(2) 图符和字符，(3) 字符，

---

❶ 2005 年 2 月间，周先生开始撰写《汉字性质和文字类型学》。由 2 月到 3 月，周先生和我多次通过信件交换意见。从这次收集到的 12 封信件可以看出当时讨论的概况。周先生认为"这样的讨论，好极了！"在这段时间内，周先生寄给我八次修改稿，使我获益匪浅。特别是他那种追求真理毫不懈怠的精神令我终生难忘。——苏培成注

（4）字和字母，（5）字母符号。

语言段落：（1）篇章章节，（2）语词音节，（3）音节音素。

（实际类型）

逻辑类型：长语段 （1）篇章，（2）章节，（3）语句，

短语段 （4）语词，（5）音节，（6）音素。

"原始文字"相当于："形意文字"，"图符或字符文字"，"篇章、章节或语句文字"。"古典文字"相当于"意音文字"，"字符或字母文字"，"语词和音节文字"（语素文字）。"字母文字"相当于"表音文字"，"字母符号文字"，"音节、辅音或音素文字"。

这些说法都是"假说"，要经过反复论证和长期考验方能成为"定论"。所以要"切磋"。

再见！

周有光

2005-02-27

89

文字"三相"分类法

（符号相）	（语段相）	（表达相）	（简称）
（符号形式）	（语言段落）	（表达方法）	
	（长语段）		
图符（图形符号）	篇章	表形	
图符	篇章或章节	表形或表意（形意）	形意文字（原始文字）
图符	章节	表形或表意	
图符或字符	章节、语句或词组	表意	
	（短语段）		
字符（笔画结构）	语词	表意	
字符和字母	语词和音节（语素）	表达和表音（意音）	语素文字，意音文字（古典文字）
字母	音节或音素	表音	（字母文字）
音节字母	音节	表音	音节文字
辅音字母	音素	表音	辅音文字
辅音和元音字母	音素	表音	音素文字

周有光先生随信附录的"文字三相分类法"

90

2005 年 3 月 6 日　苏培成致周有光

周先生：

　　您好！

　　您寄给我的《百岁新稿》收到了，这是珍贵的作品，十分感谢。我已经粗粗地读了一遍，下面再细读。允和师母去世的时间，书里有两个日期，第 189 页说是在 8 月 18 日，第 195 页说是在 8 月 14 日，有机会再印时统一为好。

　　云南潘钧先生出版了一本《现代汉字研究问题》。我已经和潘先生通了电话，他在最近寄一本给您，请您指正。

　　上海的颜逸明等先生给上海市领导写了一封信，讨论"保卫"上海话的问题。近些时候，反对英语"入侵"，"保卫"少数民族语言，"保卫"方言等言论，可以说是甚嚣尘上。颜先生把文章寄给了我，我打印一份奉上，请您便中一阅。

　　关于汉字性质的研究，您 2 月 25 日和 2 月 26 日的两封信都收到了，《汉字性质和文字类型学》的最新稿也已经收到，我都仔细阅读了。可是我的知识实在太少，英文书也看不懂；汉字虽然每天在用，谈不上研究；除了汉字其他文字更是不懂。对您研究的问题，我实在没有发言权，也不敢胡说，有时迟迟不敢回信，请您原谅。您让我慢慢思考，我一定这么做。

下面我放肆地谈点想法，请您晒正。

（一）文字的性质是否就是文字的类型？我想，按照不同的标准，文字可以划分出不同的类型。例如"自源文字""借源文字"属于两种类型。一种文字的性质是区别于别种文字的本质属性（"本质属性"是从斯大林《马克思主义和语言学问题》学来的）。按照文字的性质，给世界各种文字分类，得出来的也是文字的类型。

（二）确定一种文字的本质属性是研究这种文字的基本理论，影响到对这种文字的各种问题的认识。汉字的许多问题聚讼纷纭，恐怕和对汉字的本质属性的认识不一致密切相关。所以我写《二十世纪的现代汉字研究》时，第一章就讨论汉字的性质，也就是要确定对这个问题我个人要采用基本看法。我用了很多时间去考虑这个问题，得出的结论是汉字是语素文字。像刘又辛先生、高更生先生、王宁先生，他们关于汉字性质的论述，我都认为不妥。

（三）文字是记录语言的符号，所以研究文字的性质必须有两个方面，就是您说的"符号形式"和"语言段落"。在符号形式方面要补充"基本形式"这个概念。因为在讨论汉字的性质的时候，有人把一个个汉字和英文的一个个字母比，有人和英文的一个个单词比，比的结果就大不一样。所以在符号形式方面，有了"基本形式"的概念，坚持用基本形式和基本形式比，比如用汉字的一个个单字和英文的一个个字母比，不能和英文的一个个单词比。您看这样考虑是不是可以？

（四）关于语素的概念。在我读过的几本语言学著作里面，我觉得吕叔湘先生对语素的分析最清楚、最深刻、最有用。吕先生的分析见《汉语语法分析问题》，这本书有单行本，最容易找到的是在《汉语语法论文集》（增订本）里面。

"语素"和"词素"指的是同一个东西，是英语 morpheme 的翻译。赵元任先生翻译为"词素"，朱德熙先生建议翻译为"语素"，吕先生赞同朱先生的主张，主张用"语素"。"语素"有单一的、明确的含义，吕先生的意见是："最小的语法单位是语素，语素可以定义为'最小的语音语义结合体'。也可以拿'词素'做最小的单位，只包括不能单独成为词的语素。比较起来，用语素好些，因为语素的划分可以先于词的划分，词素的划分必得后于词的划分，而汉语的词的划分是问题比较多的。（这里说的'先'和'后'指逻辑上的先后，不是历史上的先后。）"（《汉语语法论文集》，第489—490页）在早期语法论著里，语言的最小的使用单位是"词"，而"词"的构成成分是"词素"。给"词"和"词素"这样下定义，和"语素"是不同的，"语素"是从另一个角度提出问题的，既不同于"词"，也不同于他们说的"词素"。吕先生说："（语素）现在最通行的意义是指最小的有音有义的语言单位，不管它是词还是词的组成部分。这个意义的 morpheme 译做语素最合适。"（第554页）

"语素"和"音节"不同，"语素"有音有义，"音节"只有音，没有义。总之，"语素"的含义是清楚的，对汉语研究来说是个非常有用的术语。

关于按文字性质的分类，您在上一次的文稿里说："以上各种说法，有的似异而实同，有的似同而实异，有待深入研究。"这句话最好还是保留，因为只根据研究者个人所使用的术语，有时并不能准确地反映他的主张的实质，反而容易使读者目迷五色。例如尹斌庸先生的"语素—音节文字"说，只是对语素文字说的补充，强调汉语语素以单音节为主，并不主张汉字是像日文那样的音节文字。张志公先生的"音节文字"实际指的是"语素文字"说，所以范可育说："最好不用'汉字是音节文字'的提法。"（《二十世纪的现代汉字研究》第 30 页）

（五）关于表达方法。我对这个问题疑问最多，请允许我胡说几句。索绪尔、布龙菲尔德、赵元任等专家，在讨论汉字性质的时候，都不提"表达方法"，只看文字的基本单位记录的是什么样的语言单位就下结论了，而许多研究汉字的学者十分看重对表达方法的分析。这里面可能是有道理的。上次我给您的信里说，语素文字的字数至少要有几千个，太少了不够用。要造出几千个面貌不同的汉字，而且要和它记录的语素建立某种理据，一定要有三种字符，也就是裘锡圭说的意符、音符和记号。由三种字符相互配合，就构成了六书理论。而表达方法就体现在这三种字符之中，并不需要另外再加上什么符号。形声字是由意符和音符构成的，表达方法就是表意和表音。会意字是由两个或三个意符构成的，所以表达方法就是表意。相反，英文不需要这么麻烦，不需要这一套东西。字母记录音素（音位）就可以了，如果一定要说表达方法，自然是表音。像俄语、德语那样拼写十分规则的文字，记号用的也很少，更不必用什么意符。再者拼音文字的音符与汉字里的音符似乎也不具有同一性，汉字里的音符是汉字内部的构成成分之一，是与意符、记号捆绑在一起的，而英文里的表音字母本身无所谓内部构造，谈不上六书，字母就是表音的。裘锡圭的两个层次符号的理论，适用于汉字，不适用于英文，不具有理论文字学的普遍意义。（见《二十世纪的现代汉字研究》第24页）对您的三相说里的表达方法，我也有类似的疑问。总之，就研究文字的性质说，只看符号形式（文字的基本单位）和语言段落就够了。赵元任他们就是这么看的。如果研究的是汉字，指出汉字是语素文字其实也就够了。可是汉人受到传统文字教育太深，十分关注汉字本身的结构，"六书说"就等于全部汉字学，对于汉字记录的是汉语的什么单位反而不闻不问，这正如您指出的，大概是缺少比较。

我说的大概不对，请老师多多指正。

学生　苏培成

2005-03-06

原信附录：

汉字性质和文学类型学

周有光

一、汉字的性质问题

中国语文的著作中，都有关于汉字"性质"问题的讨论，这是晚近汉字学的一项新进展。但是，各家创见，众说纷纭。苏培成先生在他的《二十世纪的现代汉字研究》一书中，介绍了三十多位中外学者的说法，广集资料，综合评议，使汉字"性质"的研究达到新的高度。本文以苏先生的研究成果为基础，尝试探索众说纷纭的原因所在。经过归纳分类，得到甲乙两类说法：甲类以汉字所代表的"语言段落"（语词、音节等）作为根据，乙类以汉字的"表达方法"（表形、表意、表音）等作为根据，每类各分若干小组。下面是诸多说法的归纳分类表：

甲类：以"语言段"作为根据，分为三个小组：

（1）语词文字。称为：词素文字、词符文字、表词文字、表词字。提出者：赵元任、王伯熙、格尔伯、伊斯特林、布龙菲尔德。

（2）语词和音节文字。称为：语素文字（包含成词语语素"语词"和或不成词语素"音节"、语素—音节文字、音节—语素文字。提出者：吕叔湘、朱德熙、李荣、苏培成、孙钧锡、叶蜚声、徐通锵、尹斌庸、格尔伯、希尔、桑普森、德范克。

（3）音节文字。提出者：张志公。

乙类：以"表达方法"作为根据，分为六个小组：

（4）表形文字。称为：形符文字、衍形文字、象形文字。提出者：姜亮夫、云中、吴玉章。

（5）表意文字。称为：表意体系文字、衍意系统文字。提出者：索绪尔、梁东汉、叶楚强、黄伯荣、廖序东、王凤阳。

（6）表音文字。提出者：姚孝遂。

（7）表形和表意文字。称为"因义构形"；又可归入表意文字。提出者：王宁。

（8）表意和表音文字。称为：意音文字、音义系文字。提出者：徐银东、周有光、裘锡圭。

（9）表音和表形文字。称为：形音文字。提出者：刘又辛。

二、文字类型学的研究

从上面两类九小组的说法来看，所谓汉字的"性质"，都是指的文字的"特征"。收集文字的特征并把它们分门别类对比研究，这是文字类型学的任务。经过归纳对比，我们发现：所谓汉字的"性质"，实际就是指的文字的"类型"。"性质"等同于"类型"。

文字类型学把文字的"特征"分为三个方面（三相），每个方面又分为月个层次：

1. 符号形式（符形相）。文字所用的基本符号的形式，分为如下的层次：a. 图符（图形符号）；b. 字符（笔画结构）；c. 字母符号。符号形式可用视觉来鉴定。

2. 语言段落（语段相）。基本符号所代表的语言段落，分为如下的层次："长语段" a. 篇章，b. 章节，c. 语句；"短语段" d. 语词，e. 章节，f. 音素（音位）。"长语段"都是原始文字，"短语段"才是成熟文字。语言段落可用"视觉"来测量。

3. 表达方法（表达相）。基本符号所发挥的表达作用，分为如下的层次：a. 表形，b. 表意，c. 表音。表达方法是创造文字的方法。

上文甲乙两类说法，涉及"语言段落""表达方法"两个方面，没有涉及"符号形式"这个方面，因为"现代汉字"的符号形式都是"字符"。文字的"特征"可以排列成"三梭形"文字特征分类表"（又称"文字三相分类表"）如下：

（符号形式）	（语言段落）	（表达方法）	（简称）
图符	篇章	表形	表形文字
图符	篇章或章节	表形或表意	形意文字
图符	章节	表形或表意	形意文字
图符或字符	章节、语句或词组	表形或表意	形意文字
字符	语词	表意	表意文字
字符和字母	语词和音节	表意和表音	意音文字

字母	音节或音素	表音	表音文字
音节字母	音节	表音	表音（音节）文字
辅音字母	音素	表音	表音（辅音）文字
辅音和元音字母	音素	表音	表音（音素）文字

每一种文字都有三方面的特征，不同方面的特征同时并存，并非彼此排斥。三方面特征的聚焦，就是这种文字的类型。

汉字"性质"，各家说法不一，因为各自只抓住一个方面的一个层次的文字特征，未能综合观察文字特征的全局，于是发生"盲人摸象"现象。文字类型学的综合观察，能展示诸多说法原来相互补充，并非相互矛盾，"众说纷纭"变成相互说明，文字"性质"也就恍然得解了。

文字类型分为：逻辑类型和实际类型。逻辑（理论）类型不一定有真实的文字，例如纯粹的"表意文字"还没有找到具体的例子。实际类型都有真实的具体文字，而且大都"兼有"两种特征。实际类型主要有如下五类：

1. 形意文字：都是没有成熟的原始文字。

2. 意音文字：包括丁头字、圣书字、汉字、玛雅字等古典文字。

3. 音节文字：例如埃塞俄比亚文。

4. 辅音文字：例如阿拉伯文。

5. 音素（音位）文字：例如芬兰文、英文等。

现代汉字，从语言段落来看，是语词和音节文字（又称

"语素文字"）；从表达方法来看，是表意和表音文字（又称"意音文字"）；从符号形式来看，是字符文字。完整的说法是：字符＋语词和音节＋表意和表音文字。（古代汉字"甲金篆书"用图符，现代汉字"隶楷"用字符，古今汉字属于不同的"符形相"）。

现代日文（正式文字为"汉字和假名混合体"），从语言段落来看，是语词和音节文字；从表达方法来看，是表意和表音文字；从符号形式来看，是字符和字母文字。完整的说法是：字符和字母＋语词和音节＋表意和表音文字。

多数学者认为现代汉字是"语素文字"，语素包含成词语素（语词）和/或不成词语素（音节）。一些人认为现代汉字是"意音文字"，"意音"是"表意和表音"的省略说法。这两种说法并非相互矛盾，而是相互补充的。分歧发生在各自抓住一个方面的特征。前者以"语言段落"为根据，后者以"表达方法"为根据。两个方面的特征是同时并存，彼此说明的。兼顾两个方面，才是完整的看法。（请参看《比较文字学初探》中的"文字类型学新说"）

三、人类文字史的分期研究

文字的分类跟人类文字史的分期，有密切关系。研究人类文字史首先遇到的问题是如何分期？中外关于人类文字史的著作，现在还没有共同的分期方法。

例如：迪龄格的名著《字母：人类历史的钥匙》（英文，1947）中，把人类的文字分为非字母文字和字母文字两大类，也就是两个历史时期。他的文字分类法可以列表如下：

文字胚胎——图像和魔符——备忘设计——象征信号
　　　|

真文字——图形文字——表意文字——过渡文字——表音文字

其他中外学者有各自的文字分类法和人类文字史的分期法。

我在《世界文字发展史》里把人类文字史分为三个时期：

1. 原始文字时期：所有尚未成熟的文字都归入"原始文字时期"，包括刻符、岩画、文字画、图画字等。什么叫做"成熟"呢？"成熟"就是"能够按照语词次序无遗漏地书写语言"。

2. 古典文字时期：包括各种成熟的文字，能够代表高度文化，但是尚未字母化，例如：丁头字、圣书字、汉字、玛雅字等。

3. 字母文字时期：完全使用字母的文字归入这个时期，分为三个阶段——音节字母文字、辅音字母文字和音素字母文字。

历史分期法是文字的纵向排比观察，文字分类法是文字的横向排比观察，纵横结合可以得到人类文字的时空坐标。

结束语：本文的中心问题是，文字的"性质"是不是等同于文字的"类型"？敬请读者指正。

2005-03-02，时年 100 岁

2005 年 3 月 7 日　苏培成致周有光

周先生：

　　3 月 7 日函收悉，二次修正稿也收到，也拜读了。您对文章精益求精，反复修改，给我教育很深，非常值得我学习，我要努力效法。

　　我的学识实在可怜，说不出什么有价值的意见。前两次的信中瞎说一气，请您原谅。下面把读了您的这份修改稿后的初步想法，简要地向您报告，请您指正。

　　（一）关于各家的看法，有的单看名称并不能理解内容的实质，还是您以前说过的："以上各种说法，有的似异而实同，有的似同而实异。"这句话很精辟。

　　（二）关于"语词和音节文字"，我理解"语词"是有音有义的，"音节"是只有音、没有义的。记录连绵词和音译词的汉字，单独的一个字只是音节，如"葡"和"萄"。不过这样的字，数量并不很多，并不反映汉字的本质。——汉字的本质是形音义的统一体。如果把没有意义的字忽略不计，汉字也就是"语词文字"，大略等于"语素文字"，不同点语素有的是不单独成词的。

　　把"语词和音节文字"解释为"语词和多音节词中的音

节", 还要交代清楚: 多音节词中的音节有没有意义, 两者是不同的。例如"中国"里的"中"和"国"有意义, 而"徘徊"里的"徘""徊"没有意义。从语素的观点看, 多音节词有的是一个语素, 如"徘徊、奥林匹克"; 有的是两个或多于两个语素, 如"中国、度量衡": 双音节词甚至还可以是三个语素, 如"豆馅儿", "儿"是语素, 但不能单独成为音节。

(三) 说汉字是"语素文字", 或者说是"意音文字", 这两种说法并非相互矛盾, 这是很对的。需要补充的是, 这两种说法不是平行的, 是有主次的; 不是相互补充, 是后者补充前者——语素文字说为主, 意音文字说为辅。正因为汉字是语素文字, 所以汉字才需要采用意音的内部结构。

(四) 在上一稿里, 您把人类文字史分为三个时期, 这是非常正确的, 是有事实根据的科学的结论。而"文字三相分类法"适用于汉字, 是没有问题的, 是不是也适用于其他文字, 如英文, 我还没有想清楚。

多年来, 我一直受到您的指导和教育, 上面是胡乱说的, 请您指正。

敬祝新春快乐!

学生　苏培成

2005-03-07

103

2005 年 3 月 19 日　苏培成致周有光

周先生：您好！

3 月 14 日来函收到了，也学习了。十分感谢您对我的宽容，我的那些浅薄的想法受到您的关注，得到您的升华，使我的认识有所提高。您说，关于汉字性质的讨论，"这是晚近汉字学的一项新进展"，这是很有启发的论述。从许慎算起，中国学者研究汉字有两千年，可是注意点都在"六书"，很少有人去研究汉字的性质。正如您指出的，没有比较就无法研究某种具体文字的性质。而汉字性质的研究，是汉字研究的根本、基础，不是可有可无的。只有认清了汉字的性质，才能对汉字的许多基本问题有正确的认识。又如，您把对汉字性质的各种意见按照"语言段落"和"表达方法"两个角度分为九类，逐类加以评说，最后得出科学的结论。

这种方法我没有想到过，然而是十分有用的。我要向您学习。您的文章深思熟虑，本来已经成熟，可是您还一再修改，精益求精，给我很深的教育。

对您的文章，我提不出什么有价值的意见，下面只谈一点浅见，供您参阅。千万不要干扰您的思维。

根据是不是代表现代汉语语素，汉字可以有如下的分类：

（1）代表汉语语素，又可以分为两个小类：

A. 成词语素，如：美、大

B. 不成词语素，如：丽、伟

（2）不代表汉语语素，如：琵、琶、玻、璃

"美""丽""伟""大"都是语素，因为符合语素的定义——最小的语音语义结合体。不同的是，在现代汉语里有的成词，如"美""大"，有的不成词，如"丽""伟"。像"丽""伟"虽然不成词，可仍旧是语素，不是音节（音节没有意义）。而"琵"和"琶"，不是语素，因为单独没有意义，这样的字只是音节，不是语素。

今天7000个通用汉字中，大约1/3代表语词，2/3代表多音节语词中的"音节"——似乎应该调整为：1/3代表成词语素，如"美""大"。不说"代表语词"，因为"语词"等于"短语和词"，"字"不能代表"短语"。2/3代表不成词语素，如"丽""伟"，"丽""伟"不能说成是"音节"，因为有意义。至于不代表语素、只代表多音节语词中的音节的"琵""琶"类，数量很少，绝没有2/3。

"成词语素"独立应用时就是"词"，不和"语词"相当。汉语语素大多数是单音节的，少数是多音节的，如"葡萄""苏维埃"，而这少数多音节的语素，也只相当于"词"，不和"短语"相当。"苏维埃"是"词"，不是"短语"。"短语"都是多音节的（至少是双音节），没有单音节的。

"不成词语素"和"音节"所指不同。

把现代汉字说成是"语词和音节文字",可能还需要考虑。在术语的使用上与通行的理解不完全相同,可能产生误解。因为一个个的汉字不能代表"短语",绝大多数汉字并不代表没有意义的"音节"。如果说成是"语素文字",这两个问题就都解决了。

我说的不一定合适,请您指正。

敬祝

春安!

学生　苏培成

2005-03-19

2005 年 3 月 20 日　苏培成致周有光

周先生：您好！

您在 3 月 16 日寄出的"新修改稿"收到了，也学习了，很受教益。下而提供三项参考资料，供参阅。

（一）关于"语词"

《现代汉语词典》："【语词】指词、词组类的语言成分。"

《辞海》："【语词】泛指语言中的词和词组。"

吕叔湘先生主张把"词组"叫做"短语"。按照通行的理解，"语词"指短语和词。如果这样理解，"单音节语词"的说法值得斟酌，汉语的"词"可以是单音节，"短语"不可能是单音节。"汉字"代表"语词"的提法，也存在类似的问题。汉字是单音节的，可以代表单音节词，不可能代表"短语"。

（二）关于"语言的层级体系"

叶蜚声、徐通锵著《语言学纲要》："语言的底层是一套音位，一种语言的音位的数目虽然只有几十个，却能构成数目众多的组合。这些组合为语言符号准备了形式的部分。语言的上层是音义结合的符号和符号的序列，这一层又分为若干级。第一级是语素，意义在这里被装进形式的口袋，成了音义结合的最小的符号。第二级是由语素构成词，第三级是由词构成的句子。词和句子都是符号的序列。""音位→语素→词→句子，这就是语言的层级装置；几十→成千→成万→无穷，这就是这个层级装置所提供的效能。"（1991年版第34—35页）

语言这个层级装置一定要有"语素"这一级。而"文字三相分类表"里的"语言段落"部分，没有"语素"这一级。按照语言的层级装置，"音节"在底层（语音层），"语词"在上层（音义结合层），"语词"和"音节"不能出现在同一个层级里。

（三）赵元任《语言问题》："我曾经用过'言'这个名词当词素讲，那么用这个名词，也可以说中国文字是一字一言的文字。它跟世界多数其他文字的不同，不是标音标义的不同，乃是所标的语言单位的尺码不同。"（第144页）

赵先生说的"词素"就是我们说的"语素"，"语言单位的尺码"就是"语言单位的大小"，也就是"语言段落的大小"。赵先生认为确定一种文字的性质就是根据文字的基本单位"所标的语言单位的尺码"，而不足"标音标义"如何。能不能理解为：确定文字的性质，只抓住这个方面就够了，不一定需要注意其他方面？

以上说的，是不同学者的不同观点，不一定是谁对谁错，可以并存。

不妥之处，敬请指正。

敬问

春安

学生　苏培成

2005-03-20

2005 年 3 月 21 日　周有光致苏培成

培成同志：

2005-03-19 来信收到。这样讨论，好极了!

汉字的性质，是一个大问题，值得细细推敲。

下面的说法，对不对，请考虑。

merpheme，既译"词素"，又译"语素"。(《现汉》《语言与语言学词典》)。含义有"不确定性"，容易引起混乱。

在中文里，"词"不等于"语"。"词素"不等于"语素"。"词"小于"语"。"语素"大于"词素"。

"外来语"不等于"外来词"。"英语"是"外来语"，不是"中国原来的语言"。"沙发"是"外来词"，不是"外来语"(日本术语)。

黎锦熙先生提倡"单音节词"的"双音节化"：把"词"改说"语词"，把"字"改说"汉字"。这个办法很好，我一直照他这样做。因此，"语词"等于"词"，不是"语"和"词"。

我的用法如下：

语素 $\begin{cases} \text{成词语素=词} \\ \text{不成词语素=音节} \begin{cases} \text{有意义音节} \\ \text{无意义音节} \end{cases} \end{cases}$

"无意义音节"可以变成"有意义音节",例如:"的士"(音译词,两个"音节"都无意义),变成"打的"("的",变成有意义音节,表"的士")。

在某些场合,没有必要区分"有意义"和"无意义",可以统称"音节"。

"短语",又称"词组"(《现汉》)。含义有不确定性。在"文字类型学"中,没有必要提到"词组"或"短语"。

请考虑,请指正。

专祝

时祺!

周有光

2005-03-21

2005 年 3 月 23 日　苏培成致周有光

周先生：您好！

您 3 月 21 日寄出的信及讨论稿，今天同时收到了。您说的很有道理，我读了很受启发，使我增加了新的知识，对您的理论也加深了理解。

不同的学者可以使用不同的术语，不同的术语常常联系着不同的体系，这是我读书时遇到的问题。术语也是发展的，同一个术语的意义可能有变化，在不同时期的流通范围和使用频率也可能有变化。

谢谢您的提醒，我想起了黎锦熙先生著作里的"语词"就是"词"，《新著国语文法》的一开头就讲清楚了。时过境迁，到了今日，像黎先生那样理解"语词"含义的学者已经不占主流地位了，像我这样的晚生后辈，连黎先生讲清楚的话也都忘了。不过这显示了发展，所以连《现汉》《辞海》对"语词"的解释也放弃了黎先生的说法。为了便于多数人的理解，便于学术交流，对"语词"的含义是不是改用当前通行的理解好一点呢？连汉英词典里也把 word 翻译为"词"，很少翻译为"语词"了。

关于"音节"的定义，当前通行的说法是"由一个或几个音素组成的语音单位"(《现汉》)。"音节"是语音单位，不是音义结合的单位。如果把"音节"处理为"不成词语素"，包括"有意义音节"，这和通行的含义不一样了。当然学者有权这样处理，但是这样处理有时还要把特定的含义事先告诉读者，这对学术交流会不会带来不方便呢？"音节"是语音单位，仅限于指无意义的，把有意义的归入"语素"，这样使用术语对于学术交流是不是还可以呢？

关于 morpheme 的翻译，在汉语语言学里的确有点乱。较早的时候都译为"词素"，后来有些人逐渐译为"语素"，可是到现在有的著作里同时还使用"语素"和"词素"，而且被分别赋予不同的含义。不过要看到发展的趋势，由于吕叔湘先生和朱德熙先生的大力倡导，把 morpheme 译为"语素"的已经占据支配地位，译为"词素"或"语素""词素"同时使用的，已经不算很多，或者说越来越少了。这样的演变，在语法学论文里似乎得到学者的认同，这使学术交流得以顺畅进行了。

蒙您下问，胡说一气，敬请指正！
敬礼！

学生　苏培成

2005-03-23

2005 年 3 月 23 日　周有光致苏培成[❶]

培成同志：

收到 2005-03-20 来信，非常高兴！特别谢谢附来吕叔湘先生的资料。

（一）文字学的原理，有的"相同"于语言学，有的"相似"（不全同）于语言学，有的"不同"于语言学。对那些"相似"和"不同"的地方，要从文字学的角度来论证，不能完全从语言学的角度来考虑。

（二）"文字分类法"的研究，不是仅仅为汉字服务，而是为一切文字服务，要考虑到汉字和其他文字的相同和不相同的问题。语言学的分类法已经达到相当高的水平。文字学的分类法还处于各人各说的状态。突破这个难关，我尝试用比较方法提出"文字三相分类法"。可是，文字的特征是否可以分为这三个方面（"三相"），每个方面的分层，我提得对不对，还要深入研究。如果"三相分类法"不能成立，那么，将以什么分类法

---

❶　周先生的这封信实际是有关文字学的重要论文。它深入分析了文字学和语言学的相同和不同之处，它详细阐明了"文字三相分类法"的原理。我希望有志从事文字研究的朋友仔细研究这封信，一定会有很多的收获。——苏培成注

114

来代替它呢？

（三）文字学有"符号形式"问题，语言学没有。"符号形式"是否分为"图符"（图形符号）、"字符"（笔画结构）、"字母符号"这三个层次？玛雅字只有"图符"，还没有发展成"字符"。汉字有"图符"（如在甲骨文中有），后来发展为完全用"字符"。

（四）文字学有"表达方法"问题，语言学没有。"表达方法"是否分为"表形""表意""表音"这三个层次？这曾经引起很大的争论。多数学者认为，"表达方法"的研究，对文字学来说是头等重要的问题。

（五）"语言段落"的研究，是文字学和语言学的共同领域。但是，对文字分类法来说，"语言段落"的分层方法，不能跟语言学完全一样。例如，文字学要求分为两大层次——"长语段"和"短语短"，"长语段"再分为"篇章""章节""语句"，"短语段"再分为"语词""音节""音素"，这是根据文字分类要求而定的。文字学要求把"语句"归入"长语段"，跟"词"分开；语言学要求把"语句"跟"词"放在一起，可以不谈"篇章""章节"。这是因为"长语段"（包括"语句"）都是未成熟的原始文字，"短语段"都是成熟的古典文字。文字学著作中都不提"词组"（短语），因为文字分类法中没有"词组（短语）文字"这个层次。如果要列进去，要列入"长语段"，不能列入"短语段"。

（六）汉字的"性质"，是否就是文字的"类型"？这是一个新问题，要很好再思考。如果不是，那么，"性质"的定义是什么呢？

（七）"语素"和"词素"，有人认为意义相同，有人认为意义不同。吕叔湘先生说："语素的划分可以先于词的划分，词素的划分必得后于词的划分"。这是否是说，"语素"和"词素"意义不同？是否是说，"语素"大于"词"，"词素"小于"词"？

（八）黎锦熙先生把"词"改说"语词"，只是双音节化的造词建议，不是改变"词"（语词）的含义。字典里还没有收进这个义项。还有，把"句"改说"语句"，把"字"改说"汉字"，都是双音节化。如果不妥，把"语词"改回来仍旧说"词"就可以了。我一向主张"多音节化"，所以跟从他的建议。

（九）我把"语素"解释为："语素"包含"成词语素"和"不成词语素"；"不成词语素"包含"有意义音节"和"无意义音节"；"无意义音节"可以变为"有意义音节"。这个解释能否成立？

今天暂且谈到这里。以后再谈。

请考虑，请指正。

专祝

时祺！

周有光

2005-03-23

116

2005 年 3 月 25 日　苏培成致周有光

周先生：您好！

3 月 23 日的信收到了。这一时期我收到您多封信件和文稿，从中学到许多东西。可是我资质驽钝，有些一时还难于理解，正如您告诉我的，要仔细研究。关于汉字的性质，我说不出什么有价值的东西，已经说过的也一定有许多谬误，请您批评指正。

近两年来，我和曹先擢先生为商务印书馆主编一部《新华学习字典》，到目前编写工作已近收尾，预计今年六七月间出版，可是还有大量工作要在近一两个月内完成，没有时间阅读很多的学术著作，深入向您请教，这是很对不起您的事。

关于"汉字优越论"的论争近日烽烟又起。前一个多月，彭泽润老师在北大中文系的网上介绍了您的观点——"汉字是低效率的文字"（见《汉字现代化研究序》），引起了许多人的反对。最近高校的网络不再对外，加强了管理。昨天，《汉字文化》一伙在社科院小礼堂开会，气势汹汹地大肆宣传过去被批评的那一套。今天（25 日）的《光明日报》发了消息。《汉字文化》的法人代表李敏生散发小册子攻击《语言文字学辩伪集》，新的风暴在酝酿着。

敬礼！

学生　苏培成

2005-03-25

2005 年 3 月 26 日　周有光致苏培成

培成同志：

昨天刚刚给您寄一封信，又收到您的 2005-03-23 来信。我们这样的不断来往切磋，今天恐怕是很少的现象。我觉得很有意思。

您讲得很对，术语也是发展的，术语也应当与时俱进。在这方面，我落后于时代了。

在"文字类型学"的研究中，我没有用过"语素"这个术语。因为我认为它的含义有"不确定性"。在这一篇文稿中，我是第一次用进"语素"这个术语，可是只用作"简称"而不是列进"文字分类表"中。

在"文字分类表"中，我也一直没有列进"词组"（短语）这个术语。因为文字类型中没有"词组（短语）文字"这样一类的文字体系。可是前天寄给您的修改稿中，我加进了"词组"。现在想想，还是不列进为妥。"文字分类表"中，没有必要像语言学著作那样把"语言段落"分得十分仔细，只要把能代表"文字类型"的主要语言段落列出就够了。

关于"语素"的含义，我的文稿中也没有必要写进去。不说可以"藏拙"，避免分析错误。

文字学是一门既古老又幼稚的学科，术语用法还很乱，需要好好斟酌。我想，文字学的术语可以尽量从语言学中借用，但是也要树立文字学本身的术语系统。这件工作很艰巨。过去文字学主要进行微观研究，现在要进行宏观研究，术语问题就层出不穷了。这是学术发展中的必然现象。

汉字的"性质"究竟指的是什么？"性质"在这里应当有个定义？是否"性质"就是"类型"？这是一个大问题，还要深入研究。众说纷纭，终究不是科学结论。

专祝

时祺！

周有光

2005-03-26

2005 年 3 月 27 日　苏培成致周有光

周先生：

昨天收到您寄来的新修改稿，已经拜读，稿子已经成熟，可以定稿。我学识短浅，提不出什么意见。

前天收到 23 日您的大札，其中讲到的九个方面的问题，都非常重要。我要仔细阅读您的著作，一时间还说不出什么看法。

关于汉字的性质，近几年学习前辈学者的论述，逐渐形成一点看法。概括地说就是：决定文字性质的标准是看这种文字的基本单位记录的是什么样的语言单位（这个标准可以适用于古典文字和表音文字），汉字记录的是汉语语素，所以是语素文字。语素文字必然是字数繁多、结构复杂，所以还要研究文字的内部结构。研究汉字的内部结构发现构成汉字的有三种字符，裘锡圭定名为意符、音符和记号。把上述两个方面结合起来形成对汉字性质的比较完整的表述，朱德熙先生归纳为："从汉字跟汉语的关系看，汉字是一种语素文字。从汉字本身的构造看，汉字是由表意、表音的偏旁（形旁、声旁）和既不表意也不表音的记号组成的文字体系。"（《中国大百科全书·语言文字》第130 页）

我在 2001 年年初接受商务印书馆的邀请，开始主编《新华学习字典》。到同年年底遇到了困难，编不下去了，于是辞职。商务改请曹先擢先生，2002 年曹主持了一年，编不下去了。到 2003 年由曹和我共同主持，直到现在。近两年我写的文章很少，主要的精力都投入到字典编写里去了，很感吃力。预计今年 7 月份《新华学习字典》可以出版。

　　本月 24 日《汉字文化》一伙人在社科院小礼堂举行了"为了汉字文化的伟大复兴学术研讨会"，您和我都成了会议鞭挞的对象。会上散发了《当前语文学界关于"汉字拉丁化优越""汉字落后"的一些观点介绍》。我复印一份奉上，供您参阅。

　　敬礼！

学生　苏培成

2005-03-27

2005 年 3 月 28 日　苏培成致周有光

周先生：

您好！3 月 26 日函已经收到。

这段时间，收到您这么多的信和稿，我真是大丰收了。我不断地学习您的论著，也不时有些零星想法产生。现在我想谈谈学习您的"文字三相分类表"的收获。这是个大问题，我谈不好。首先请老师原谅，允许我放开胆子胡说几句。

关于文字的性质，我想比较两种理论，一种是您的"文字三相分类法"，另一种是赵元任先生和吕叔湘先生等提出的理论。赵先生的理论我给您引用过，下面我再引用吕先生的几句话。吕先生说："世界上的文字，它的形式是多种多样的，但是按照一定的原则来分类，也就是按照文字代表语言的方式来分类可以分成三类。一类是音素文字，一个字母代表一个音素（又叫做音位）。英语、法语等等所用的拉丁字母（罗马字母），俄语、保加利亚语所用的斯拉夫字母，都是音素文字。第二类是音节文字，一个字母代表一个音节，就是辅音和元音的结合体。日语的字母（假名）、阿拉伯语的字母都属于这一类。音素文字和音节文字都是拼音文字，拼音文字的字母原则上都是没有意义的，有意义是偶然的例外。第三类文字是语素文字，它的单位是字，不是字母，字是有意义的。汉字是这种文字的代表，也是唯一的代表。汉字以外的文字都只是形和音的结合，只有汉字是形、音、义三结合。"（《吕叔湘文集》第4卷第126页）这种理论我姑且叫做"代表说"。

我认为"三相说"和"代表说"都是科学的理论，都具有相当强的解释力，可是比较来说，"代表说"似乎比"三相说"更好一些。

（一）比较一。"三相说"要区分"逻辑类型"和"实际类型"，"代表说"没有这样区分的必要。"三相说"的"逻辑类型"包含的类要比"实际类型"包含的类多许多，反映出分类有不够完善的地方。理想的分类，"实际类型"应该占据"分类表"的大多数，可是目前只占一小部分，显然分类表是从逻辑推理出发的，而不是"实际类型"出发的。"代表说"是从实际存在的语言出发的，不谈"逻辑类型"，只谈"实际类型"，这显然要比"三相说"好。

（二）比较二。"三相说"表面看说的是"文字"，但是实际上说到文字的只有"两向"，就是"符号形式"和"表达方法"，而"语言段落"研究的是"语言"，不是"文字"，虽然"语言"和"文字"有关。作为"文字"的分类法，其中有1/3却说的是语言，从逻辑来说不算十分圆满。而"代表说"实际只有"两向"，就是文字的基本单位和语言单位，而且它并没有限定是文字的"两相说"，只是说要研究文字的性质必须考虑这"两相"，或只需要考虑这"两相"就够了。

（三）比较三。"三相说"似乎把有关文字性质的三个方面都考虑到了。而且从三个方面列举出多种"逻辑类型"，认为"三方面特征的聚焦，就是这种文字体系的类型"。可是在具体分析文字的类型的时候。不完全是"三方面特征的聚焦"，而是"语言段落"和"表达方法"这两方面特征的聚焦，不怎么去管"符号形式"。不过这还不是主要的问题，"三相说"的主要问题是没有说清楚三相之间的关系，给人的印象似乎是三相并列。其实"三相"并不在一个层面上，"符号形式"和"语音段落"是一对矛盾，这是主要矛盾。"符号形式"和"表达方法"是另一对矛盾，这是次要矛盾。为什么这样说？因为文字是记录语言的符号，从这个前提出发，确定文字性质关键是说明文字符号和它记录的语言成分之间的关系。也可以说文字只有"一相"，就是符号形式，而语言有"两相"，就是语音和语义。而语言的两相是就整个语言体系说的，具体说语言体系的底层就是语音层，就只有语音这"一相"，语言体系的底层本来就不存在表形或表意的问题。而语言体系的上层才有语音和语义这"两相"。而"代表说"能清楚说明文字和语言间的主要矛盾，所以比"三相说"要好。

（四）文字的性质和特点。"三相说"和"代表说"都可以涵盖所有的文字，但在"代表说"里面只有"实际类型"，没有"逻辑类型"。在您的有关世界文字的著作里告诉我们，自古至今，真正成熟的文字只有"古典文字"和"字母文字"。按照"代表说"，"古典文字"大体相当于"语素文字"，"字母文字"大体相当于"音节文字"和"音位文字"。文字的性质就是文字的本质属性，确定文字的本质属性当以"代表说"比较适用，而"三相说"更适于研究文字的特点。

文字研究有必要区分性质和特点，两者可以认为是纲与目的关系。所谓文字的性质是一种文字区别于另一种文字的本质属性，不要求面面俱到，只要求抓住本质，高屋建瓴。拿汉字来说，按照"代表说"确定汉字是语素文字，就可以把汉字与英文、日文区分开来了，这就够了。在研究汉字特点的时候，要逐一研究汉字的三相，而重点研究"符号形式"。要研究文字符号的外部形式，就是您说的"图符""字符"等，然后再研究文字的内部构造，如汉字的六书说，或者是三种字符说。

夜里睡不着在想这些问题。三点钟起来，现在六点了，先谈到这里，请老师批评指正。

敬礼！

学生　苏培成

2005-03-28 早

2005 年 9 月 15 日　苏培成致周有光

周先生：

您好！

（一）《旧事重提话拼音》稿收到了，我学习了，很受启发。我提一点修改建议，增加两个问题：一个是《汉语拼音方案》使用的字母，有人叫拉丁字母，有人叫罗马字母，您认为采用什么叫法较好？另一个是用拼音字母拼写汉语，为什么要分词连写？

还有两处行文上的修改建议。一处是"最好的纪念方法就是不声不响地让拼音发挥更多作用"。建议把"不声不响"改为"坚持不懈"或"扎扎实实"一类的话，推广拼音有时要造势，要点声响。另一处是讲拼音的应用时说"字典、辞书"，当前的用词习惯，"辞书"包括字典和词典等，可以把"辞书"改为"词典"。

（二）我刚刚去了一趟吉林市，参加北华大学语文现代化研究中心的成立会。在会上播放了您接受陈永舜老师采访时的录像讲话，受到了与会者的欢迎。林炎志到会并发表了讲话。研究中心成立后要筹备编辑出版《语文现代化研究》（论文集）。经商定第一辑由中国语文现代化学会和北华大学语文现代化研究中心合编。北华大学出钱，学会协助组稿。这样我们可以有一个发表论文的阵地。成立会的有关材料，随信附上，供您参阅，不必退还。

（三）今年5月份，我给上海教育出版社袁正守社长写信，建议上海教育出版社编辑出版您的多卷本文集（全集）。在这以前我和袁社长见过几次面，算是认识。6月20日收到袁的复信，以编辑力量不足为由拒绝了我的建议。现在我把袁社长的信附上供您一阅，不必退还。

我认为编辑出版您的文集（全集），是件非常有意义的事，可是想来想去只有上海教育出版社比较合适。如今遭到了拒绝，我不知道还有什么办法，使上海教育出版社能回心转意接受出版。其实出版您的著作，编辑加工比较容易，如果它接受出版，我也将会尽力协助。

（四）最近四年多我的主要工作是和曹先擢先生共同为商务印书馆主编《新华学习字典》，这是部中型的字典，收字头近15000字。把常用字作为解释重点，增强字典的学习功能。现在已经接近完成，今年年底出版。

祝您健康长寿！

学生　苏培成
2005年9月15日

2005 年 10 月 6 日　周有光致苏培成

培成同志：

如果方便，请代我买以下两本书：(1) 李禄兴：《现代汉字学要略》，文津出版社 1998；(2) 杨润陆：《现代汉字学通论》，长城出版社 2000。

设法借给我一看，也可以。

谢谢！

专祝

秋安！

周有光

2005-10-06

2005 年 11 月 1 日　苏培成致周有光

培成同志：

香港《语文建设通讯》2005 年第 6 期（总第 81 期），有一篇莫名其妙的文章——《汉字的自然科学属性初探》。

请一看。

再见！

专祝

时安！

周有光

2005-11-01

2006 年 5 月 28 日　周有光致苏培成

培成同志：

　　附上草稿《悼念潘钧》❶，请您看看，给我提修改意见。我要修改后寄香港杂志。

　　谢谢！

周有光

2006-05-28

---

❶ 《悼念潘钧》稿请参考周先生 2006 年 5 月 30 日信及所附的《悼念潘钧》草稿第二稿。

培成同志，

　　附上草稿〈悼念童弟〉，请您看后，给我提修改意见。我在修改后寄给选集组。　　谢谢！

友光
2006-05-26

周有光先生给苏培成的手写短笺

2006 年 5 月 30 日　周有光致苏培成

培成同志：

寄上《悼念潘均》草稿第二稿，请提修改意见，以备修改后寄给香港。

我手头有两本英汉词典：（1）《新英汉词典》（1985）：morpheme，词素。（没有"语素"）（2）《英汉大词典》（1993）：morpheme，语素，词素。

可见译作"词素"在先，改译"语素"较晚。

请您到图书馆去查看一下从前的英汉词典，从哪年开始改译"语素"？

谢谢！谢谢！

专祝

时安！

周有光

2006-05-30

原信附录：

悼念语言学者潘钧先生

（兼谈"汉字是语素文字"）

北京的语文学界同行们，正在阅读和赞赏潘钧先生新发表的精辟论文《汉字的两面性》（香港《语文建设通讯》第 83 期，2006 年 4 月），忽然得到消息，潘钧先生逝世了！这个消息如同晴天霹雳！同行们同声哀悼！

潘先生是一位自学成才的语言学者，他过去和最近发表许多文章，分析入微，见解新颖。我跟潘先生素不相识，但是我一直注意阅读他的文章，从中吸取新意。

他的文章《汉字的两面性》中提出"汉字是语素文字"的立论，虽然不少其他学者也曾这样提出过，但是潘先生的阐述特别精湛而清晰，值得钦佩！

这里对潘先生的"汉字是语素文字"立论，尝试补充一些注释，彰显潘先生的学术观点，悼念潘先生的逝世。

潘先生的立论要点如下：

（1）汉字是语素文字。

（2）语素文字有两面性。汉字既有适用于记录汉语的一面（主要是能用同音词区分同音语素）。又有不适用于记录汉语的一面（主要是繁杂，即字数多，结构复杂）。

注释1："语素"和"词素"。

《语言和语言学词典》（Hartmann 和 Stork 著，黄长著等译）：morpheme，词素，语素；词（word）是由一个或多个词素构成的；如果它可以独立存在，就叫做自由（free）词素；如果必须与其他形式相连接才能出现，那就叫做粘着（bound）词素。morphemic script，词素（语素）文字，一种文字系统，每个词素用一个符号表示，如词符文字。

《现代汉语词典》：语素，语言中最小的有意义的单位；有的语素能够单用，是成词语素；有的语素不能单用，是不成词语素；在分析词的内部结构时，有的语法书把语素叫做词素。

《现代汉字学纲要》（增订本，苏培成著）：语素，也叫词素，是最小的语音语义结合体。词素和语素都是 morpheme 的意译。赵元任说"汉字是词素文字"，这跟其他人说"汉字是语素文字"，意义相同。（过去的英汉词典，原译"词素"，后改译"语素"）。

国外学者一般不分词素和语素，通称 morpheme。一名多译是常见现象。logogram 译作"词文字""词符文字""语词文字""词素文字"等。logo-syllabary 译作"词—音节文字""词符—音节文字""语词—音节文字""语素文字"等。单音成词语素相当于"词"，单音不成词语素相当于"音节"，音节又分"无意义"和"有意义"。

"语素"又译"词素"，因为 morpheme 内含两重意义："词的因索"和"音节的因索"。

语素（Morpheme）含义的分解：

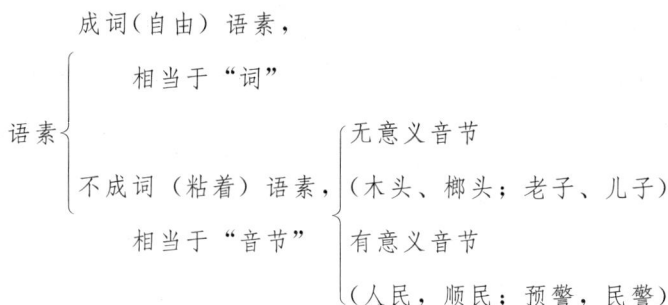

$$
语素\begin{cases}
成词(自由)语素，\\
\quad相当于"词"\\
\\
不成词（粘着）语素，\begin{cases}
无意义音节\\
(木头、榔头；老子、儿子)\\
有意义音节\\
(人民，顺民；预警，民警)
\end{cases}\\
相当于"音节"
\end{cases}
$$

注释 2：

"语素文字"。

人类的文字史分为三个时期：1. 原始文字时期，表达方法主要是表形和表意；2. 古典文字时期，表达方法主要是表意和表音；3. 字母文字时期，表达方法主要是表音。

人类创造文字，最初画一幅图画，表达一片心意，很像幼儿园的看图讲故事。

后来把宗教故事分成许多章节，每一章节画一幅图画，形成连环画式的文字。

更后来，发现语言可以分为许多语词，只要每个语词写成一个符号，就可以记录语言，开始出现以"语词"为书写单位的"语词文字"。

但是，只能表实词，不能表虚词，还不能完备地书写语言。于是假借表示实词的符号，用它的声音，不用它的意义，拿来表示虚词。例如：借"其"字（原表实词"簸箕"）的声音，表示虚词"其"（后来另创一个"簸箕"的"箕"字）。这样，既能写实词（语词），又能写虚词（音节），形成"语词—音节文字"。这种文字既包含"成词语素"，又包含"不成词语素"，称为"语素文字"。

人类文字从此走出原始文字时期，进入古典文字时期。

丁头字、圣书字、汉语汉字等古典文字都是"语素文字"。

注释3：

语素文字的发展。

语素文字分为前后两个时期：前期以丁头字、圣书字、汉语汉字为代表；后期以日文、云南规范彝文为代表。

日文，在明治维新之后，对假名音节字母实行规范化；"二战"之后，又减少和限定汉字数目。汉字和假名混合体的日文，已经从"字无定量"变为"字有定量"。

云南彝文在规范化之后，限定表意字和音节字的数目，废除大量的多余符号，也发生了从"字无定量"到"字有定量"的变化。

符号"定量化"是后期语素文字的主要特征。

汉语汉字在"语言文字法"公布之后，规范化工作进展顺利，但是要想从"字无定量"向"字有定量"前进，还有看不到尽头的遥远路程。

2006-05-27，时年 101 岁

2006 年 5 月 31 日 苏培成致周有光

周先生：您好！

《悼念语言学者潘钧先生》的第一和第二稿都收到了。

morpheme 本来译为"词素"。例如张寿康写的《关于汉语构词法》中说："词素是构成词的、具有意义（词汇意义或者语法意义）的构词单位。"（《语法和语法教学》第 94 页，人民教育出版社 1956 年版）

我读到的把 morpheme 译为"语素"的最早文献是吕叔湘先生写的《语言和语言学》。这篇文章发表在 1958 年 2—3 期的《语文学习》上。吕先生说："比如有这么一句话：Wǒmen qiántiān yòu kànjiàn liǎo rénzào wèixīng，意思是'我们前天又看见了人造卫星'，……这句话是可以分析的，可以分析成十二个单位，每个单位用一定的语音跟一定的意义相联系。这样的单位叫做语素。"（《吕叔湘文集》第 4 卷第 47 页，商务印书馆 1992 年版）吕先生在这个句子里的"语素"的后面有个附注：

> 用"语素"做 morpheme 的译名，是朱德熙先生的建议。一般译做"词素"，这个名称老叫人想到它是从"词"里边分析出来的。事实上，语素是比词更加

根本的东西。在好些语言，也许是多数语言里，要决定一个语言片段里边有多少个词相当困难，而把这个片段直接分析成语素倒比较容易，并且不应用"词"这个概念也能把这个语言的结构说清楚。（《吕叔湘文集》第4卷第65页）

由于吕先生等专家的大力倡导，在汉语语言学文献里面"语素"这个译名逐渐代替了"词素"。

英汉词典译名的变化往往滞后，不能准确地反映出译名变化的时间：

《简明英汉词典》，张其春、蔡文萦编，商务印书馆1963：词素，形态素。

《牛津高阶英汉双解词典》，第四版，商务印书馆、牛津大学出版社1997：词素。

《英汉多功能词典》，外言社、建宏，1997：词素。

《现代语言学词典》，戴维·克里斯特尔编，沈家煊译，2000：语素，词素。

对您的注释论述做一点补充：

（一）"注释1"morpheme，词素，语素；词（word）是由一个或多个词素构成的；如果它可以独立存在……

补充："词素，语素"后面的分号，原书是冒号，下面是例句。"……多个词素构成的"后面宜用句号。

(二)语素含义的分解：

成词（自由）语素，相当于词

补充：成词（自由）语素，独立应用时相当于词。例如"人"是自由语素。独立应用时是词，不独立应用时不是词，如"工人"的"人"，但它仍然是成词语素。成词语素并不是每次出现时都成词。

不成词（黏着）语素，相当于"音节"。

补充：不成词（黏着）语素，永远不独立成词。

因为"语素"都是有意义的，而"音节"是语音学单位，没有意义，最好回避。"无意义音节"可以改为"有语法意义"，"有意义音节"可以改为"有词汇意义"。

敬礼！

学生　苏培成

2006-05-31

2006 年 6 月 10 日　周有光致苏培成

培成同志：

2006-06-08 来信收到。相互切磋，很有意思。研究学问，要不断反复思考。不谈大家与小家。我已经按照您的意见，把悼念潘钧一文修改了。谢谢您！

我认为，"白"和"菜"是两个"词"，组合成的"白菜"，是一个"词"，不是两个"词"，其中"白"和"菜"都是"语素"，都不是"词"。

"语素"有"成词语素"和"不成词语素"；"语素"本身分为两个层次，不是只有一个层次。麻烦发生在"不成词语素"上。"成词语素"离开所构成的"词"就是"词"；"不成词语素"离开所构成的"词"，是什么呢？能说是小于"词"的"音节"吗？

"多音节语素"中的"音节"是"音节"，不是"词"；"单音节语素"中的"音节"是"音节"，是否同时也足"词"（单音节词）呢？

能否把"音节"看作既是"语音单位"，也是"语言单位"。在"多音节词"中，"音节"的作用是不是比"词"小一层的"造词成分"？

我在文字的"三相分类法"里，不用"语素"这个名词，因为"语素"包含"成词语素"和"不成词语素"两层，意义缺少确定性。我用"语言段落"（"语段"）作为"三相"之一；短语段分为语词（词）、音节、音素（音位）三层，这跟大量客观存在的"语词文字"（词符文字）、"音节文字""音素文字"（拼音文字）等类型相符合。

可是，这里发生一个问题：我不仅把"音节"当作"语言单位"（段落），并且把"音素"（音位）也当作"语言单位"。这能说得通吗？请您帮我重新思考。

我把现代汉字分为"词字"和"词素字"。"词素字"很难改说"语素字"，因为"词素字"跟"词字"相配，含意很明确，改说"语素字"就会发生意义不明确的问题。这也是一个难题。

我在重新思考一些过去已经大致定下来了的说法。重新审定旧说法是必要的研究方法。自然科学不断重新审定旧说法。社会科学也要不断重新审定旧说法。

1950年代以来，由于文字改革运动的推动，语言文字学向现代化和实用化前进，这是不可否认的学术新发展，符合时代前进的需要，改变了语言文字学的学风。

专祝

研安！

周有光

2006-06-10

2006 年 6 月 21 日　苏培成致周有光

周先生：

您好！

您的 6 月 10 函早已收到，迟迟未能作复，因为我的知识不够，许多问题我说不清楚，只得临时抱佛脚，又去东翻西翻。下面向您报告我的一点胡思乱想，请您指正。下面分七点，每一点先用黑体列出您的意见，◇号后是我的学习体会。

(一)"我认为，'白'和'菜'是两个'词'；组合成的'白菜'，是一个'词'，不是两个'词'，其中'白'和'菜'都是'语素'，都不是'词'。"

◇"白""菜""白菜"独立应用时都是词。"白菜"里的"白"和"菜"，是成词语素；"白菜窖""白菜汤""白菜豆腐汤"里的"白菜"都不是词，是由两个成词语素构成的语素组合。

(二)"'语素'有'成词语素'和'不成词语素'；'语素'本身分为两个层次，不是只有一个层次。麻烦发生在'不成词语素'上。'成词语素'离开所构成的'词'就是'词'；'不成词语素'离开所构成的'词'，是什么呢？能说是小于'词'的'音节'吗?"

◇汉语构词法分析的传统路线是先确定"词"，然后再把"词"分解为"词素"。用这种操作程序来处理汉语，遇到一个很大的困难，就是不容易确定什么是"词"。有些学者提出另一条操作程序，就是抛开"词"，先确定"语素"，由"语素"再合成为"词"。吕叔湘先生说："最小的语法单位是语素，语素可以定义为'最小的语音语义结合体'。也可以拿'词素'做最小的单位，只包括不能单独成为词的语素。比较起来，用语素好些，因为语素的划分可以先于词的划分，词素的划分必得后于词的划分，而汉语的词的划分是问题比较多的。"（《汉语语法论文集》第 489 页）汉语的语素比较容易确定，特别是有汉字可以利用，因为粗略地说，一个"汉字"记录的是一个"语素"。这个说法可以贯通古今，既适用现代汉语，也适用古代汉语，区别只在于古代汉语里成词语素要比现代汉语多。《论语·乡党》说"食不言，寝不语"，其中的"言"和"语"都是成词语素，到了现代汉语都变为不成词语素。按照先"语素"后"词"的研究路线，先确定哪些是语素，第二步再给语素分类，分为成词语素和不成词语素。"大"是成词语素，独立应用时就是"词"，作构词成分时仍为成词语素，如"伟大"里的"大"。不成词语素只能作构词成分，不能独立成词，如"伟大"里的"伟"。"伟"在现代汉语里始终是不成词语素。另外，"自由语素""粘着语素"与"成词语素""不成词语素"这两组概念是不同的。"美国学派的语言学家很重视'自由形式'和'粘着形式'的区别……可以作为一句话来说的形式是自由形式，不是自由形式的形式是粘着形式。"（《汉语语法论文集》第 371 页）朱德熙先生说："能单独成句的语素叫做自由语素，不能单独成句的语素叫做黏着语素。"（《语法讲义》第 9 页）"能够单独成词的语素称为成词语素，不能单独成词的语素成为不成词语素。"（《语法讲义》第 11 页）因此，"成词（自由）语素"和"不成词（粘着）语素"的提法似乎需要修正。

(三)"'多音节语素'中的'音节'是'音节'。不是'词'；'单音节语素'中的'音节'是'音节'。是否同时也是'词'（单音节词）呢?"

◇"音位""音节"是语音成分，不是音义结合的语言成分。"音节"和"词"不属于一个系列。朱德熙先生说："在分析一种语言的语音结构时，我们找到的最小的单位是音位。在分析语法结构的时候，像音位这样的单位就不适用了。我们知道，语言是一种符号体系。任何符号都包含形式和意义两方面。音位是没有意义的语音形式，它不是符号，只是组成符号的材料。我们要进行语法分析，就不能只研究符号的组成材料。必须进一步研究符号本身。语法系统里的基本符号是语素。"（《语法讲义》第 9 页）"单音节语素"里的"音节"也只是"音节"（不是语素，不包含意义），不是"词"。我在我编的《现代汉字学纲要》这本小册子里，谈到汉字的性质时，把"语素""音节"和"音素"都叫作"语言单位"，是不妥的，要改正。叶蜚声、徐通锵两位先生在《语言学纲要》里说"语言"是个层级结构，底层是一套音位，上层是音义结合的符号和符号序列，他们没有把"语素""音节"和"音素"都叫作"语言单位"。

（四）"能否把'音节'看作既是'语音单位'，也是'语言单位'。在'多音节词'中，'音节'的作用是不是比'词'小一层的'造词成分'？"

◇"音节"是语音单位，不是语言单位。英国 R. L. 特拉斯克编的《语音学和音系学词典》："音节，一个基本的但难以捉摸的音系单位。"英国戴维·克里斯特尔编《现代语言学词典》："音节，指一个发音单位，通常大于单一的音而小于一个词。……在较近的一些音系学理论中，音节的概念变得越发重要，特别是各种非线性音系学模型。这些模型中音节划分（和音节重新划分）被视为与表征问题相关——派生过程中音节结构如何和在什么时候指派给语符列，音节划分又涉及哪些音系规则。"（商务印书馆 2000 版，第 347—349 页）罗常培、王均著《普通语音学纲要》（修订本）："咱们说话是一句一句地说的，句子按意义的单位分成一个个的词，词在声音方面又可以分为一个个的音节——自然，也有一个词就是一个音节的。在汉语里，基本上一个方块汉字就是一个音节。音节是由一个或几个音素组成的最小的语音片断。"（第 113 页）在我所有的几本语言学和语音学词典里，找不到把音节看作既是"语音单位"也是"语言单位"的根据。

146

（五）"我在文字的'三相分类法'里，不用'语素'这个名词。因为'语素'包含'成词语素'和'不成词语素'两层，意义缺少确定性。我用'语言段落'（'语段'）作为'三相'之一；短语段分为：语词（词）、音节、音素（音位）三层，这跟大量客观存在的'语词文字'（词符文字）、'音节文字'、'音素文字'（拼音文字）等类型相符合。"

◇对您的文字"三相分类法"我一直没有真正学明白，模模糊糊，因为我知道的语言文字极少，没有发言权。仅以对汉语汉字来说，"三相分类法"似乎不及通行的理论有更强的解释力。"三相分类法"对"意音文字"的解释：

字符和字母　语词和音节　表意和表音（《21世纪的华语和华文》第314页）

通行的理论：

从汉字跟汉语的关系看，汉字是一种语素文字。从汉字的本身构造看，汉字是由表意、表音的偏旁（形旁、声旁）和既不表意也不表音的记号组成的文字体系。（《中国大百科全书语言文字》第130页）

汉字记录的是汉语语素，而"三相分类法"的"语段相"

147

里没有"语素"。汉字本身是由包含有意符、音符和记号组成的复杂的结构，正是通过意符、音符来表意和表音的，可见"表达相"与"符形相""语段相"不在一个平面上，"三相分类法"没有说明汉字字符的内部结构。

"三相分类法"的"语段相"指的是文字记录的语言里的某种成分（其中的"音节""音素"不能叫"语言单位"）。"音节"和"音素"是语音单位，似乎可以叫"语音段落"，恐怕不适合叫"语言段落"。用"三相分类法"分析汉语汉字，"美丽"和"伟大"里的"美"和"大"勉强可以归入"语词"（＝词，实际是成词语素），而像"丽"和"伟"这样的不成词语素就没有着落，它们既不是"语词"，也不是"音节"。

绝大多数汉字记录的是汉语里的"语素"，因此可以把汉字叫作"语素文字"。至于语素可以分为成词语素和不成词语素两个类，这是下一个层次的事情，并不妨碍语素文字的说法。在现代汉语里，成词语素和不成词语素大体是可以分清的。

（六）"可是，这里发生一个问题：我不仅把'音节'当作'语言单位'（段落）。并且把'音素'（音位）也当作'语言单位'。这能说得通吗？"

◇从结构说，语言是音义结合的词汇—语法体系。索绪尔认为语言符号是"音响符号"和"概念"的统一体，前者叫"能指"，后者叫"所指"。（中译本第101页）通俗地说，语言符号是音义结合物。只有语音形式，没有意义的，不是语言符号（语言成分）。吕叔湘先生说："音素和语素是语言的两个基本单位，可是两个平面上的东西，音素没有意义，语素有意义。"（《语言和语言学》，《吕叔湘文集》第 4 卷第 47 页）"音节"和"音素"都是语音单位，它们不包含有意义，所以不是"语言单位"。

（七）"我把现代汉字分为'词字'和'词素字'。'词素字'很难改说'语素字'，因为'词素字'跟'词字'相配，含意很明确，改说'语素字'就会发生意义不明确的问题。这也是一个难题。"

◇"语素"都是有意义的，没有意义的不叫"语素"，而叫"音节"。语素分为两类：

（1）成词语素；（2）不成词语素。

记录语素的汉字相应地也分为两类：

（1）记录成词语素的汉字：美、豆、绞、教——简称为"词字"。

（2）记录不成词语素的汉字：丽、腐、索、具——简称为"非词字"。

表面上没用"语素"，实质说的就是"语素"。

周先生：

我在上面说的许多胡思乱想的话，一定有许多错误，请您

149

多多指教。

天气热了，北京又快进入"桑拿天"了，请您多多保重。

我手边有国家语委一个课题"中国语言规划的历史研究（1949 年以后）"，已经做了一半。近来发现头晕、手麻，到医院做检查，诊断为脑梗塞、血压高，在治疗。

敬问

夏安！

学生　苏培成

2006-06-21

2006 年 8 月 3 日　苏培成致周有光

appropriateness of entries.

I hope you will take just a little time from your busy lives to send something in.
She will really appreciate it, and think fondly of you when she gets to read it!

Please feel free to forward this message to anyone you may feel would also want
to see it.

Thank You!

-TK Mair.

PS : It will be a great surprise when she gets it, so don't let her know it is
coming ;-)

Open multiple messages at once with the all new Yahoo! Mail Beta.

周先生：您好！

上面是张立青先生的公子发来的邮件，请您一阅。您如果愿意写几句话，用英文或拼音，我可以用 E-mail 发给他。

敬礼！

学生　苏培成

2006-08-03

2006 年 8 月 6 日　周有光致苏培成

培成弟:

Thomas main（梅维恒的儿子）**❶** 的 E-mail 看到了。请你把下面的祝词译成拼音发去。谢谢! 麻烦了!

周有光

2006-08-06

---

❶ 张立青 (1936—2010)，美国著名汉学家梅维恒先生 (Victor H. Mair) 的夫人。她曾把周先生的著作《中国语文的时代演进》译为英语在美国出版。周先生说的"你和我共同写了一本书"指的就是这件事。我收到周先生的祝词后把它改写为拼音，通过 E-mail 传给了梅维恒的儿子。——苏培成注

张立青妹：

　101岁的周有光祝贺70岁的立青妹，健康长寿，幸福快乐！

　你和我共同写了一本书。你和我比兄妹还亲。我已经活到101岁，你将活到201岁。我们一同进入22世纪！

周有光
2006-08-08
中国·北京·

周有光给张立青的手写短笺

153

2006 年 8 月 8 日　周有光致苏培成

培成同志：

　　您好！

　　我想请您代我买或者借两本书：王元鹿：《比较文字学》，广西教育出版社，2001。《普通文字学概论》，贵州人民出版社，1996。

　　如果您太忙，就作罢。

　　谢谢！谢谢！

　　专祝工作快乐！

周有光
2006-08-08

2006 年 8 月 17 日　周有光致苏培成

培成兄：

　　此复印件请留作纪念。

周有光

2006-08-17

培成兄：书及即件请留作纪念。 有光2006-08-17

100006 北京市 天安门广场东侧
中国国家博物馆 藏品保管二部
电话：(张)65138357、56128922；(丁)65128922、(手)13810098034
张明同志、丁纯怡同志台收

中国国家博物馆 领导同志
张明同志、丁纯怡同志：

　　承蒙贵馆通知，把我的著作选择一部分，以及早期用过的旧电子打字机 呈上贵馆，备作收藏和展览。我出版的单行本约有30多种，这里先呈上单行本六种，还有早期著作和旧打字机以后呈上。这次所呈如下：

㈠《汉字改革概论》，第一版1册，香港版1册，日文翻译版1册，计3件。
　　此书原为北京大学课程讲稿，当时流传较广；日文译本曾得日本20位学者好评。

㈡《中国语文的历史演进》，中文本1册，美国英文翻译本1册，计2件。
　　此书原为清华大学课程讲稿，英文译本在美国俄亥俄大学等作为课本。

㈢《世界文字发展史》，书本1册，原稿1份，计2件。
　　此书扩大文字学的视野，宏观研究中国汉字和世界各国文字的历史。

㈣《比较文字学初探》，书本1册，原稿1份，计2件。
　　此书填补我国大学的一个学术缺门，研究人类文字的发展规律。

㈤《学思集》，书本1册，原稿1份，集2件。
　　这是作者的文化论稿，提出一些对文化问题的新见解。

㈥《百岁新稿》，书本1册，原稿1份，计2件。
　　这里收集作者90-100岁的部分杂文，对当前世界时事提出个人看法。

　　以上共计著作单行本6种，包括13件。

　　敬请惠存。
　　敬祝
　　文化繁荣！

　　　　　　　　　　　　　　　　　　　　　　周有光
　　　　　　　　　　　　　　　　　　　　　　2006-07-24
　　　　　　　　　100010北京朝内后拐棒胡同甲2号1-304
　　　　　　　　　电话：(北京)65254765；我耳聋，保姆代听

周有光给苏培成的信件复印件

2006 年 8 月 29 日　周有光致苏培成

培成同志：

　　来信和"短文两篇"收到了。写得极好！您的主张，完全正确！这里附上我的文稿一篇——《人类文字的历史分期》。请您提意见。我要根据您的意见，进行修改。

　　谢谢！谢谢！

　　专祝

工作快乐！

周有光

2006-08-29

2006 年 9 月 2 日　苏培成致周有光

周先生：

您好！8 月 29 日函及文稿《人类文字的历史分期》都收到了，拜读了。

有人说，世界上的文字只能有两种体系：（1）表意体系；（2）表音体系。这种说法是不能成立的。

有人自以为他的说法和索绪尔一脉相承，其实他没有读懂索绪尔。

索绪尔说，只有两种文字体系：（1）表意体系；（2）通常所说的表音体系。读理论著作，不但要看使用的是什么样的名词术语，更重要的是要准确理解作者所用的名词术语的含义。索绪尔说的"表意体系"的确切含义是"这个符号和整个词发生关系"，这是关键的话，这是索绪尔观点的实质。"词"是音义结合体，和"整个词发生关系"，就是和整个"音义结合体"发生关系，而不是只和其中的"义"发生关系，这是具有原则意义的差别。索绪尔说的"表意文字"是一个很容易引起误会的名称，所以布龙菲尔德改为"表词文字或言词文字"。布龙菲尔德的观点和索绪尔一致，所以索绪尔的"表意文字"实质是"表词文字"，也就是赵元任的"词素文字"、吕叔湘的"语素文

字"。这是一条线。（见《二十世纪的现代汉字研究》第6—7页）

文字记录的对象或记录的单位，与文字自身的构造不是一回事，有人把两者纠缠在一起，自己把自己也弄糊涂了。朱德熙先生说："从汉字跟汉语的关系看，汉字是一种语素文字。从汉字本身的构造看，汉字是由表意、表音的偏旁（形旁、声旁）和既不表意也不表音的记号组成的文字体系。"（《中国大百科全书·语言文字》第130页）朱先生的前一句说的是文字记录的语言单位，后一句说的是文字自身的构造，两者可以并存。您的"三相说"也是把两者区分开来的，语言段落和表达方法是不同的。

聂鸿音的书没有认真去读，说不出意见。我说的不一定正确，请老师多多指正！

从表达相说，汉字是意音文字，而不是有些人说的"表意文字"。有些人说的"表意文字"是虚幻的，是客观上并不存在的东西，因而在文字发展史上没有它的位置。

我接受您提出来的"世界文字发展经过了三个时期"的理论，这三个时期都贯彻了表达相演变这个单一标准。这种理论得到了大量事实的支持。

敬礼！

学生　苏培成
2006-09-02

2006 年 10 月 18 日　苏培成致周有光

周先生：

您好！

（一）您的新作《人类文字的历史分期和发展规律》收到了，拜读了，很受启发。您讲的有理有据，很有说服力，我接受您的观点。下面谈一点由此产生的联想。

您在表述人类文字的发展规律时，用了两种略有差异的说法：一种是"从表形到表意到表音"，另一种是"由意音文字发展成为表音字母"。我的体会是这两种说法实质是一样的，但是着眼点不同。前一种是从表达相着眼，说的是文字符号是用什么样的方式来记录语言符号；后一种是从语段相着眼，说的是文字基本单位记录的是什么样的语言单位。不知道我的体会是不是符合您的本意。

如果我说的大体符合您的本意，能不能做如下的推论？就是确定某一具体文字的性质只有两条途径（没有第三条途径）：一是看文字的基本单位记录的是什么样的语言单位，二是看文字基本单位是用什么方式记录语言单位。如果这两条途径的说法可以成立，"三相说"是不是可以这样理解：符位相和语段相（符号形式和语言段落）是一组，表达相（表达方法）是另一组。这也就是说，"三相"不在同一个层面上，或者说三者的关系不是并列的。

如果把"三相"分属于两个层次，是不是便于理解？这是我无知妄说，请您批评指正。

（二）国家语委语信司确定与渤海大学（原锦州师范学院）共建"现代汉字研究中心"。本月25日在渤海大学举行"现代汉字学学科建设研讨会"，把在高校讲授现代汉字学的老师尽可能地都请来（有的有事来不了），共商发展现代汉字学的大计。我和费锦昌先生都参与其事。我准备了一个发言，题目是会议确定的《现代汉字学学科建设的现状和任务》。您倡导的现代汉字学会得到进一步的发展。

（三）中国语文现代化学会第七次学术年会本月28日—31日在天津南开大学举行，筹备工作基本就绪。年会的一项工作是工作班子改选，准备请马庆株做会长、袁钟瑞（语委推普处处长，即将退休）作副会长兼秘书长（另有几位副会长）。这件事我曾经向您报告过，您表示同意。

敬礼！

学生　苏培成

2006-10-18

2006年10月22日　周有光致苏培成

培成同志：

2006-10-18 来信收到了。谢谢！

您提出"三相不在同一层面上"，这个意见十分重要。我要慢慢仔细研究。

这里附上参考资料。

专祝健康快乐！

周有光

2006-10-22

2006年11月4日　苏培成致周有光

周先生：

　　您好！

　　(一) 您的10月22日的信及《文字学问题丛谈》稿都收到了。我因为外出开会，还没有深入学习，谈不出什么想法。

　　(二) 您转来的王宁的信收到了，我不怎么同意她的想法。她不承认世界文字有共同的发展规律，这是19世纪原子主义的观点，是进化论发明前的观点，落后了200年。按照这种观点，就没有历史比较语言学，也就没有比较文字学。全世界的生物多种多样，但都是按照物竞天择的规律在演变。全世界的国家、民族多种多样，但是条条大道通罗马。她也不懂学术上的分期和具体事物存在的时期是两个概念。全人类已经进入现代化、信息化时期，可是有的国家或民族还停留在刀耕火种时期，这并不矛盾。我愿意听取您对她的信中涉及的问题的看法。

　　(三) 10月25—26日，在渤海大学（原锦州师范学院）举行现代汉字学学科建设研讨会，语信司司长李宇明出席并讲话，谈建立现代汉字研究中心的设想。渤海大学和教育部语信司达成协议将在渤海大学共建现代汉字研究中心。举办这次研讨会就是为建立中心做准备。费锦昌先生协助组织。在研讨会上发表学术演讲的有：

顾小凤（北大计算机科学系）：中文信息处理研究现状

苏培成：现代汉字学学科建设的现状和任务

李大遂（北大对外汉语教育学院）：对外汉字的教学

乐竟泓（华东师范大学心理学系）：汉字认知研究

张轴材（北京书同文数字化技术有限公司）：汉字国际标准与汉字信息化

沈克成（温州某电脑公司的负责人）：汉字的信息处理会议

还讨论了渤海大学提出的《现代汉字学学科建设规划》，渤海大学准备在具备一定条件后正式建立现代汉字研究中心。

随信附上我的发言稿，请您指正。这篇稿子要修改、压缩，然后交《语言文字应用》发表。

（四）10月28—31日，在南开大学举行中国语文现代化学会换届大会和第七次学术年会。会议决议由马庆株出任会长、袁钟瑞出任副会长兼秘书长。在学术年会上，播放了山东卫视制作的电视专题片《周有光》，受到欢迎。应代表的要求，会议把该电视片刻录，发给了每位代表。会议交流的论文，有些篇质量很好。

敬礼！

学生　苏培成

2006-11-04

2006 年 11 月 15 日　苏培成致周有光

周先生：

　　您好！

　　您寄来的《文字的分类分期和发展规律》和《人类文字的历史分期和发展规律》都收到了。我阅读了许多遍，很受教益。这么大的问题，您举重若轻，用简短的篇幅讲得十分透彻，非常值得我学习。我接受您的研究成果，要学习您观察问题分析问题的视角、方法。

　　我发现一处打印的差错。在第 2 页倒数第 12 行——"这3100 年是字母字文字时期"，多了一个"字"字。

　　您说"文字分四个层次"，第一个层次是"文字单位"，是不是可以补充字母的例子？如"26 个拉丁字母是 26 个文字单位"。因为常有人把英语的 word 作为"文字单位"，以至得出不正确的结论。还有"文字体系"和"文字系统"里的"体系"和"系统"，若译成英语，是不是都用 system？要不要加以区别？如果借用语言谱系分类的术语，分为文字单位、文字字族、文字字系、文字总系统，不知是不是可以。

　　关于"文字的发展规律"问题，您举出丁头字系统、汉字系统、彝文、东巴文等的发展为例，非常必要，因为许多人并不熟知这些情况。

　　谢谢您的教诲。问
冬安!

学生　苏培成

2006-11-15

2006 年 12 月 8 日　周有光致苏培成

培成同志；

大作《现状和任务》，拜读了，好极！

一位外地朋友来访，讲了许多笑话，但是有参考价值，特为奉告。

他说：语文现代化运动正在边缘化，离开中央所在地，走向天津、锦州、吉林。他说：学会没有定期杂志，就没有喉舌，某地方刊物水平太低，《汉字文化》将独占鳌头。学会开会，没有记者到场，没有新闻报道，外界一无所知，闭门造车。他说：黎锦熙以北师大为根据地，王力以北大为根据地，语文运动必须以中央所在地的大学为根据地，应当联系北大、师大、清华、中央民族大学，民大有人才。他建议，把学会过去的论文集重新编辑出版，成为一套"语文现代化丛刊"；还要编辑出版一套"语文现代化史料丛书"，以倪海曙的史料丛书为基础。他建议学会跟"语用所"合作，定期举行学术讲座，广邀海内外学者访问演讲。这些谈论，帮助我们思考。

专祝

健康快乐！

周有光

2006-12-08

2006 年 12 月 9 日　苏培成致周有光

周先生：

　　您好！

　　您寄赠的新著《语言文字学的新探索》收到了，十分感谢，我将认真地阅读学习。

　　您转告的外地朋友对学会工作的建议，我将转给会长马庆株和秘书长袁钟瑞，请他们考虑采纳，有想法他们会直接向您报告。我负责学会工作的这几年，实际是维持，幸好没有发生什么问题。新班子上台后工作已经有了新的开展，高等教育出版社已经赞助了十万元经费，提供了一大间办公室和三台电脑。

　　我提供给在锦州举行的现代汉字学研讨会的发言稿，经过修改已经交给《语言文字应用》杂志，将在明年发表。

　　敬祝

冬安！

学生　苏培成

2006-12-09

2007年1月8日　周有光致苏培成

培成同志：

　　如果你有王元鹿《比较文字学概论》，请借给我一看。
谢谢！

有光

2007-01-08

原信附录：

丁亥春节的祝愿[1]

周有光

公历 2007 年 2 月 18 日，夏历丁亥年正月初一，炎黄子孙周有光，敬焚天香三炷，忆往思来，默祷上苍：

第一炷香，祝愿丁亥年是一个与时俱进的好年份。

我国改革开放，与时俱进，接受工业外包，工业化水平达到清末洋务运动以来从未有过的规模。我国人口众多，国内生产总值（GDP）容易增大，但是人均总值仍旧偏低，只等于四小龙的四分之一。初尝甜果，不可沾沾自喜，要警惕满招损，进一步自省不足所在，再接再厉，继续前进。经济要与时俱进，政治也要与时俱进。

从"阶级斗争一抓就灵"到"不问姓社姓资"，是历史跃进的伟大一步。我国改革开放跟苏联解体有相似之处。我国主动地顺流地进入市场经济，苏联被动地狼狈地滑入市场经济。从深圳成立特区（1980）算起，我国改革开放比苏联解体（1991）早 11 年，从三个三角港区（长江、珠江、厦漳泉）的建设（1985）算起，只早 6 年。中苏两国几乎同时从山穷水尽转向柳

---

[1] 此文是周先生附在信后面的文章。

暗花明。

与时俱进不仅是我国的必须，也是世界各国的必须，更是发展中国家的必须。坚持神权政治，想用原始圣典否定现代科学，以肉弹对抗精准导弹，愚勇可悯，颇不足取。全球化的波涛汹涌是历史的发展运动，谁能阻止历史的前进？

第二炷香，祝愿丁亥年是一个和谐共处的好年份。

和谐共处不仅是一国的国内稳定原则，也是全世界的国际和平原则。国内需要自由平等的和谐，国际需要共同发展的和谐。

德法世仇，何以能成为兄弟？你我在同一条马路上开车，你有你的交通规则，我有我的交通规则，当然撞车。你我遵守共同的交道规则，那就不再撞车了。德国用枪杆子统一欧洲，一再大败；欧盟用"孟子不嗜杀人者原理"团结欧洲，取得成功。欧盟做出了和谐共处的先例。

大国之间必须建立共同遵守的交通规则，杜绝撞车的隐患；必须建立真诚的和谐共处，不是外交辞令式的和谐共处。现在国际新闻中的火药味浓得惊人，景况很像二次大战的前夜，核军备的激烈竞赛使人不寒而栗！不要忘记，二次大战是在许多人认为二次大战不可能发生的麻痹中突然发生的。为了预防 10 年或 30 年后发生第三次世界大战，今天就要认真灭火于未燃！人无远虑，必有近忧！

第三炷香，祝愿丁亥年是一个知识上升的好年份。

在信息化时代，知识成为第一需要。农业化的财产是田地，工业化的财产是资本，信息化的财产是知识。世界首富比尔·盖茨以知识为资本，创造庞大的跨国企业，他是"知本家"，不是"资本家"。

比较世界各国的人均 GDP（国内生产总值），可以看到一个出乎意料的有趣现象：小国崛起而大国多数落后。（人均 GDP 根据《纽约时报 2007 世界年鉴》，单位美元）

（1）今天世界上有 11 个人口大国（人口超过 1 亿），其中只有 2 个国家的人均 GDP 超过 3 万美元：美国 41800 元，日本 31500 元。其他 9 个国家的人均 GDP 都少得可怜：墨西哥 10000 元，巴西 8400 元，俄国 11100 元，印度 3300 元，巴基斯坦 2400 元，孟加拉 2100 元，中国 6800 元，印度尼西亚 3600 元，尼日利亚 1400 元。

（2）人口在 3000 万以下的小国，人均 GDP 超过 3 万美元、不靠石油等天然资源而致富的，也有 11 个国家：挪威 42300 元，芬兰 30900 元，丹麦 34600 元，冰岛 35600 元，瑞士 32300 元，爱尔兰 41000 元，比利时 31400 元，荷兰 30500 元，卢森堡 55600 元，奥地利 32700 元，澳大利亚 31900 元。

上面的数字明白地告诉我们：小国在崛起，大国多数落后了！小国崛起，依靠什么？依靠教育，他们的教育和科研经费占财政预算的百分比远远高出于人口大国。芬兰尤其突出，在许多项目的国际评比中名列世界第一。小国崛起，是依靠知识而崛起。

天缺东南，地缺西北，人人都有知识的不足。亲戚中有一位女青年留学欧美归来，我问她在国外几年有何感想。她说，最深刻的感想是我自己没有知识，同学们都了解中国，而我不了解。赫鲁晓夫的儿子，担任过苏联《消息报》的主编，六十岁移民美国，移民测验20个题目，他答错了一个，不知道什么是三权分立，闹了笑话。闹笑话不要紧，只要赶紧补充知识。

袁世凯做了首任总统，还要做皇帝，结果身败名裂。苏联七任领袖，都是死后或政变下台，没有一人到期卸任。美国开国伟人华盛顿不肯做第三任总统。中苏美三国的早期领导人，为何胸襟迥然不同？知识差距！

个人有智障，集体也有智障，个人智障来自教育陈腐，集体智障起于传统原始。袁世凯不能逾越帝王思想的智障。苏联领导们不能逾越沙皇制度的智障。中国现代化进程艰难，背景是两千年封建。俄罗斯现代化进程艰难，背景是金帐汗国和沙皇的传统。迎头赶上，只有依靠教育，提高知识。

天文学的勇士冲破地心说，建立日心说。生理学的勇士数清男人的肋骨，肯定了女人的独立人格。信息化时代呼唤破除迷信，破除教条，革新教育，独立思考，使知识水平年年提升。

（2007-02-18，时年102岁）

2007 年 1 月 11 日　苏培成致周有光

周先生台鉴：

　　您 1 月 8 日寄来的文稿《丁亥春节的祝愿》收到了，学习了，很受教育，很受启发。您是从国家大局这个宏观层面上看问题，具体到语文工作，同样需要与时俱进、和谐共处和知识上升。中国实行改革开放以来，经济发展进入新阶段，带动了语文工作也已经进入了新阶段。目前对于改革开放时期的中国语文工作研究的人还很少，成果也不多，还处在摸着石头过河的阶段。

　　王元鹿的《比较文字学概论》，我没有，北大图书馆也没有。我请张育泉老师去首都师范大学图书馆查，也没有找到。我还会继续留心，不过我有点怀疑，是不是就是我给您寄过的王元鹿著《比较文字学》。

　　近日在网上看到两篇文章——《民主是个好东西》和《提倡新汉语运动唤起中国人的现代社会意识》，我打印一份，随函奉上。

　　祝生日快乐！

受业　苏培成

2007-01-11

2007年7月16日　苏培成致周有光

周先生：

　　您好！

　　惠寄的《群言》2007年第6期收到了，十分感谢。内有您的新作《人类文字的历史分期和发展规律》，拜读了，很受教益。

　　我一直学习您关于"从形意文字到意音文字到表音文字"的论述。在这篇文章里，您说："发展演变发生在多个民族前后继承的'文字系统'中，例如丁头字、汉字；也发生在一个民族的文字成长过程中，例如彝文、东巴文。"实际是列出了两种发展模式，深化了研究。

　　关于前一种演变规律，似乎还有可以研究的地方。您在《比较文字学初探》里说："文字制度的重大变化都是在文字传播到异民族以后才发生的。在原民族中间虽然经常发生形体的量变，可是不容易发生结构的质变。"（第21页）拿汉字说，由表意发展为表音，发生在汉字传到日本、朝鲜以后，没有发生在中国。如果仅就中国国内情况看，看不到由表意到表音的变化。假定汉字未曾传播到日本、朝鲜，汉字由表意到表音的变化也就无从谈起。胡明扬先生也正是从这里提出了问题。胡先

175

生说:"自源文字,也就是本民族自己创造的文字,没有自动改为表音文字的先例。""这等于是否定了过去长期以来默认的西方语言学家宣称的文字必然要从低级阶段的所谓象形文字发展到高级的拼音文字的必由之路。"(《一生有光》第201页)这个问题还需要再研究。用"多个民族前后继承"里的演变说明由表意到表音的变化,似乎还不够有力。

另外,钱玄同在《汉字革命》里说:"照这六书发生的次序看,可知汉字是由象形而表意,由表意而表音;到了纯粹表音的假借方法发生,离开拼音,只差一间了。"这种看法似有可商之处。假借的产生和应用并没有改变汉字是语素文字这个根本性质。您在《汉字改革概论》里说过,由表意到表音是文字制度的根本改革。您在新作中讲到汉字由表意到表音的变化,认为"形声字不断增加,就是表音化的发展"。实际上形声字的增加,并没有改变汉字的根本性质,没有改变汉字的文字制度,这和"表形——表意——表音"里的"表音"恐怕不是同一个概念。

我胡思乱想,信口开河,请您多多批评指教。

盛夏来临,敬请多多保重!

受业   苏培成

2007-07-16

2007 年 7 月 23 日　周有光致苏培成

培成同志：

来信拜读了。

近来，我正在研究一个课题："汉字表音化的量变和质变"。

轮廓如下：

(一) 形声字的量变

形声字的历代增加。

陈炜湛计算的形声字的比例：甲骨文，28%；周代金文，50%；东汉说文，80%；南宋至今，90%。

以前有人做了新的形声字比例研究，有南宋以后各时期一直到今天的规范字。我手头没有资料。

(二) 假借字的量变

假借就是汉字的表音化。需要进一步深入研究。

音译用字是假借字的重要部分。

音译用字的数目，可以根据外来词的辞典得到初步的情况。

要研究佛经翻译引起的音译用字，以及西学东渐以来的音译用字。

音译用字是假借字的新发展，以前没有得到应有的重视。

（三）词字变为词素字

汉语多音节化引起汉字性质的变化。

我认为，词字变词素字，是汉字的音节化，也就是汉字的表音化。

这一点，恐怕许多人会不同意，但是我认为非常重要，值得深入研究。

词素字可以分为两种：（1）保留原来意义；（2）失去原来意义。

音译用字也可分两种：（1）保留原来意义；（2）失去原来意义。

我想请您给我提供两份资料（如果不方便，就作罢）：

（1）最近的形声字历代增加的统计。

（2）假借字的数目，历代增加的比例。有现成的吗？

专祝

健康快乐！

周有光

2007-07-23

2007 年 7 月 29 日　苏培成致周有光

周先生台鉴：

　　7 月 23 日函敬悉。您需要的两种资料，可惜我都没有，请您原谅。

　　您在《人类文字的历史分期和发展规律》一文中指出："形声字的声旁是表音符号，形声字不断增加，就是表音化的发展。汉语多音节化，汉字大多数成为表示音节的'词素字'，这更是表音化的发展。"我想您的"汉字表音化的量变和质变"课题，就是对上述观点的补充和论证。

　　关于形声字的量变，恐怕要区分字源上的形声字和现代汉语里的实际的形声字。字源上的形声字自古至今是不断增加的，而现代汉语里的形声字（形符表意、声符表音）大致维持在一个稳定的数量，不完全是历代增加。当然这要有具体的资科来说明。陈原主编的《现代汉语用字信息分析》的数据，7000 个通用汉字里字源上的形声字有 5631 个，占通用字总数的 80.5%，而现今仍有表意功能的形声字有 5496 字，占通用字总数的 78.51%。（第 71 页和第 98 页）

　　关于假借字的量变，先秦的假借字，有些后来增加形符或意符变成了形声字。如果说"假借就是汉字表音化"，汉字在发展中，并不是完全按这个趋势发展。汉字中并不欢迎假借字无限地增多。假借字除去使用频度很高的容易保留下来外，许多后来演变为有表意和/或表音功能的形声字。例如"吴公"变为"蜈蚣"。音译用字也不完全是无意义的假借字，如马克思的"思"和恩格斯的"斯"就不能互换。

关于多音节化是否引起汉字性质的变化，汉字的基本单位是一个个的单字，只要它记录的主要是汉语里的语素，就不能说汉字的性质发生了变化。关键看词字变为词素字是不是还有意义，不论是原来意义，还是改变了原来的意义。如果完全失去了意义，只表示语音，这个字就成了表音字。一部分字成了表音字，还不能说汉字的性质就发生了改变，因为同时还有大量的字记录的是汉语语素，也就是还表意。

要说明汉字从表意到表音的变化，恐怕还要有更多的证据❶。

以上是我无知的妄说，请老师批评。

敬礼！

受业　苏培成

2007-07-29

---

❶ 周先生提出的这个课题不知是什么原因，后来没有完成。我希望青年学者可以按照周先生的设想研究一下，一定会有收获。——苏培成注

2007 年 8 月 24 日　周有光致苏培成

培成同志：

寄来何丹的《图画文字说与人类文字的起源》❶，谢谢！很有趣，但是很多地方看不懂。

书中论点之一——"陶筹而文字""陶筹起源论"。"陶筹"是土块。土块怎么会变成文字呢？如果说，指的是土块上的刻符，那么，书中找不到刻符或文字的物证。人类创造文字之前，早就有文字的"先行物"，例如结绳、刻木、陶片、珠贝等等，作用是"计数""助忆"。两河流域的"陶筹"并无特别之处。《文字之前》这本书书名已经说明，这还不是文字。不是文字，不能成为文字的源头，仅是"先行物"。

书中又有一个论点："省写说"。圣书字的形声字中，声旁只写辅音，不写元音，是省略了元音。东巴文中，许多语句没有写出来，是省略了这些语句。"省写"必须先有"全写"。《说

❶ 2007 年 7 月，我作为评委，参加了中国人民大学组织的第五届吴玉章人文社会科学奖的评选活动。参评作品中有何丹著《图画文字说与人类文字的起源》。我读了这部作品，觉得书中有些观点恐难成立。为了慎重，我把何丹的书寄给了周先生征求他的意见。过了几天，周先生给我寄来这封信，谈了他的看法。又过了不久，他把正式意见写给了评审组，见本信的附录。何丹的作品最后未能获奖。——苏培成注

181

文》中的"省声""省形",都是先有"全写"的"声旁"或"部首"才有"省写"。没有"全写",那来"省写"？古埃及人不知道"辅音""元音"，纳西人不知道如何完备地书写语言，这都是尚未达到"全写"的水平，所以"不全写"。

书中提出三个基本论点：（1）语言类型决定文字类型；（2）表意、表音，不是两个发展阶段，而是两种发展方向；（3）一国的文字制度，一成不变。都跟文字学常识相反。

本书结论：人类文字发生发展历史图示：

语言类型	多音节曲折型	黏着型	单音节孤立型
文字类型	表音体系	意音体系	表意体系
前文字范畴				
外部形态	图画文字	陶筹	象形符号缀成组合
正式文字范畴			
第一阶段			
（象形起源）			
代表文字	古埃及圣书字	苏美尔楔形字	古汉字
	腓尼基文字		
第二阶段	希腊文字		
现代阶段			
文字代表	现代英文	现代日文	现代汉字
文字体系性质	表音文字	意音文字	表意文字

这个表不易看懂，表中所说，跟书中不完全一致。

书中说，聂鸿音、王元鹿两位先生的观点，代表了中国新一代学人在文字起源研究领域的突破。我不大了解两位的学说。

在缺少学术批评的今天，能有这样的"造反精神"的出版物，难能可贵！

改日再淡，我们的谈话，不要向外公开。

敬祝

健康快乐！

周有光

2007-08-24

何丹《图画文字说与人类文字的起源》中的问题，举例：

（1）把圣书字说成表音文字。不妥。圣书字中有意符、音符、定符；音符一般与意符或定符结合使用，只在专名中独立使用。圣书字不是表音文字，而是表音和表意的意音文字。

（2）把腓尼基文作为圣书字的后裔。错了。圣书字的后裔是麦罗埃文和柯普特文。

（3）把汉字说成是表意文字。不妥。这种旧说法，不符合事实。汉字中有假借字和形声字，都表音，而且数量大。汉字是表意和表音的意音文字。

（4）把日文当作楔形字的后裔。错了。大家知道，日文是汉字的后裔。

（5）"语言—文字"类型学。不妥。只有个别的"语言类型学"和"文字类型学"，没有"语言和文字"混合的类型学。

（6）"假借起源说"。不妥。假借，必须先有被借的字。假借是用字方法，不是造字方法。假借如何起源？

（7）"省写说"。把未成熟的文字中未能写出的部分，看作"省写"。不妥。省写，必须先有全写。没有全写，何来省写？"不会写"而"不写"，不是"省写"。

（8）"任何文字都不可能存在表形阶段。"不妥。这与许多具体事实相反。

（9）"语言类型决定文字类型"。这是不了解文字学的人们的流行说法。不妥。这与事实相反。

（10）书中胡乱混淆语言学和文字学。不妥。文字学在逻辑分类上属于语言学，但是语言学的理论不能胡乱用于文字学。语言学家如果对于文字学没有研究，随便开口，往往错误百出，不足为训。

2007 年 10 月 4 日　周有光致苏培成

培成同志：

我已出院，继续在家治疗。

（一）附上人民大学"预通知"❶副本一份。

请代我写"作者简介"和"成果简介"。尽量简短，切勿夸张。

附上我照片一张。请代我一并寄给人民大学科研处。

10 月 31 日领奖会，你看我去不去？如去，要坐轮椅，并带推轮椅的保姆，恐不允许。如去，希望您来接我，一同前去。

请用电话或手机跟我保姆"小田"联系。电话见后。

---

❶ 中国人民大学下属吴玉章基金委员会于 2007 年进行"第五届吴玉章人文社会科学奖"评奖活动，我被聘为评委。在这次评奖中，四卷本《周有光语文论集》被评为特等奖。人民大学定于本年 10 月 31 日举行颁奖大会，周先生的信中说到的"预通知"指的是颁奖大会。周先生要我陪同他去领奖，可惜的是 10 月 31 日那天我要去参加在北京举行的"中日韩国际汉字研讨会"，因为我是中方代表，无法陪同周先生去领奖。《古典文字问题丛谈》见 2007 年 10 月 19 日周先生函的附录。——苏培成注

（二）附上《古典文字问题丛谈》草稿一份。

请指正。要修改。

谢谢，谢谢！

周有光

2007-10-04

2007 年 10 月 5 日 周有光致苏培成

培成同志：

Before Writing[1]，已由快邮寄上。谅已寄达。

前寄上颁奖大会"预通知"副本。谅也寄达。

"预通知"中有"车证"一条，可见无"车证"是不能进入人民大学的。

我没有汽车，准备由我的外甥女毛晓园和外甥女婿宋庆福用他们家的汽车送我去。我已 102 岁，出门要坐轮椅，由我的儿子周晓平推轮椅。他们三人要能伴我进入会场，坐在后排。这些，请给基金会秘书处事先知道。

这点特殊安排，最好由您用电话跟秘书处说明。或者由我写信去说明。我拟了一封给秘书处的信稿，这里附上，请您看一下，如有必要，请代我邮寄给秘书处。

希望 10 月 31 日您能来带领我们进入人民大学。如果开会在上午，早上您先来我家，一同坐汽车前去。车中可坐五人（毛、宋、我、晓平、您）。毛、宋开车。

---

[1] *Before Writing*，美国学者 Besserat 著。周先生要我从北大图书馆借来供他参考，信里说的是他读后寄还我再由我还给北大图书馆。——苏培成注

187

谢谢！谢谢！

周有光

2007-10-05

2007 年 10 月 6 日　周有光致苏培成

培成同志：

　　一位朋友来说，参加发奖大会的一些事务，包括派车，应当通知教育部老干部局，由他们来安排。如果他们不办，再用私人汽车。我将等到大会秘书处的正式通知来了以后，跟老干部局联系。前信所言作废。

　　打搅您了。请原谅！

周有光

2007-10-06

2007 年 10 月 19 日　周有光致苏培成

培成同志：

（一）附上《古典文字丛谈》修订稿，请代替旧稿。

修改之处在文末加上了一段"附注"。

（二）谢谢您给我寄来王霄冰《玛雅文字之谜》，此书甚好。书中积极肯定 Knorozov 的释读成果，叙述 K 氏死后的新发展。我在《世界文字发展史》和《比较文字学》中介绍玛雅文，以 K 氏著作为依据。他死后，中国进入动乱时期，我没有进一步研究玛雅文的条件了。王书的叙述可以衔接我的叙述，没有矛盾，使我十分高兴。

谢谢！谢谢！

周有光

2007-10-19

原信附录：

古典文字问题丛谈

周有光

问：中国有"古文字"说法，没有"古典文字"说法。"古典文字"说法是从哪里来的？"古文字"和"古典文字"的含义，区别何在？

答："古文字"是历史概念。汉字的"甲、金、大小篆"都可称为"古文字"。"古典文字"是类型学概念，说法来自西方，初指楔形字、圣书字和汉字（"三大古典文字"），后来加上玛雅字和云南彝字。他们外形彼此不同，而内在结构基本一致，都是自源文字，有意符、音符和定符，能用"六书"说明，都表"语词和音节"，都是表意兼表音。在人类文字史中，它们是"原始文字"和"字母文字"之间的一个发展阶段。

问：汉字，有人说是"表意文字"，有人说是"意音文字"，有人说是"语素文字"。究竟是什么性质的文字，

答："表意文字说"流传久而且广，后来文字学学者深入研究，发现"六书"中"假借"和"形声"都是"表音"，而且占字量的大多数，于是改称"意音文字"。"语素"包含"成词语素"和"不成词语素"，相当于"语段"包含"语词和音节"。"语素文字说"和"意音文字说"，前者从语段观察，后者从表

达法观察，相互补充，并不相互矛盾。

问：有人说，圣书字中有发达的字母表，圣书字是最早的表音文字。对不对？

答：字母学把表音符号区分为"规范化"和"未规范化"两类。"规范化"的称为"表音字母"，"未规范化"的称为"表音字符"。圣书字中的表音符号，一符多音，一音多符，音符一般跟意符或定符结合使用。圣书字中的表音符号没有规范化，不是"表音字母"。圣书字不是表音文字，而是意音文字。

问：圣书字中的字母，为什么省略了元音，成为"辅音字母"？

答：圣书字时代，人们还不知道区分元音和辅音，写不出元音，因为根本不知道有这回事。"不知道写"和"不会写"不是"省略写"。"省略"必须"先能"书写。

问：纳西族的东巴文也省略许多书写？

答：也是"不能书写"和"不会书写"，不是"省略书写"。文字是从"写不全"向"写全"逐步发展的。这不是"省略"。

问：有人说，文字有"假借起源说"。你是如何看法？

答："假借"就是"借"，必需先有现成的"字"，然后可以去"借"。原来没有"字"，何处去"借"呢？"假借"是"用字"方法，不是"造字"方法。"假借"不能"起源"。

问："六书"中有哪几种能造字？

答：指事和象形能"第一次"造字，造出单体符号的

"文"。会意和形声能"第二次"造字，造出复合符号的"字"。假借是借字表音，不能造字。转注是略改字形，借形造形。

问：汉字和字母，创始于相差不多的时代，后来各自树立一个独立体系，长达三千年。表意体系和表音体系，两系并立，这是明显的事实。为什么有人说，人类文字是一个总系统，不是两系并立？

答：看过去三千年，的确是两系并立。可是，文字学者再推前三千年，在六千年中进行深入研究，发现了新问题：字母不是"自源创造"，而是"借源创造"，借源于早期的楔形字和圣书字中的表音符号。字母在早期"古典文字"的母胎里孕育了两千年然后诞生。汉字是自源文字，字母是借源创造，二者经历不同，不是两个并立体系。人类文字史是一个"文字总系统"，包含原始文字、古典文字和字母文字。

问：文字是从语言发展出来的，文字当然要受语言的制约。什么形式的语言用什么形式的文字，英文宜于用字母，汉语宜于用汉字。为什么又说，语言类型不能决定文字类型呢？

答：藏语和汉语，同属汉藏语系，可是藏文用字母，来自印度。日语和汉语，迥然不同，可是日文用汉字，来自中国。用拉丁字母的有120多个国家，他们的语言种类纷繁，可是都用同样的字母，来自西欧。这些事实，都证明语言的类型不能决定文字的类型。"借源文字"的类型，决定于"源头文化"。

问：语言和文字有没有合一的"语文分类法"，还是语言有

"语言分类法",文字有"文字分类法",各自有不同的分类法?

答:我只见过个别的语言分类法和文字分类法,没有见过语言和文字合一的分类法。如果有,请借来给我看看。

问:美国女教授 Besserat 在 1992 年发表 *Before Writing*(《文字之前》)一书,提出楔形文字起源于"Clay Tokens"(泥块标记物),推翻楔形文字的图形文字起源说。你看到没有?

答:我看了第一卷,没有看到第二卷(资料部分)。书中提出:"楔形文字的直接先驱是一种标记方式,用小形泥块作标记物,有锥形、球形、盘形、圆筒形等,在史前时期计算数量";"标记物的使用是发明'抽象计数'之前的'具体计数'方法";"计算数量跟发明文字有密切关系"。这些原理原来是知道的,书中做了详细的考证,使事实更加明白。"文字之前"就是"文字成熟之前"。《文字之前》一书,没有涉及楔形文字"成熟之后"的发展。楔形文字"成熟之后",在书写体式方面,分为两个时期:前一时期用"图形体",这是所谓"图形文字起源说"的根据;后一时期用"楔形笔画体",后世于是给它定名为"楔形字"(又称"丁头字")。这两种书写体式在许多人类文字学书籍中都有实物举例。泥块标记物的出现和发展,发生在楔形文字成熟之前,不可能否定楔形文字成熟之后"图形体"的存在和"图形文字起源说"。

[附注] 王霄冰《玛雅文字之谜》(2006)说:"当代美国女学者 Besserat 在两河流域的考古现场收集了大量各种形状的小

泥块，得出结论认为，泥块代表生活中的具体事物，作用则是为了计数，这些泥块也就成了古代楔形文字的前身。这种观点与古代中国认为文字源于结绳记事的看法，颇有相似之处。"

2007-10-02

2007 年 11 月 3 日　周有光致苏培成

培成同志：

　　中国人民大学吴玉章基金会的颁奖大会过去了。朋友来电话说，在电视里看到新闻。我没有看到。我给上海文化出版社郝铭鉴同志寄去一封感谢信。

　　这里附上副本一看。

　　专祝

工作快乐！

周有光

2007-11-03

原信附录：

铭鉴同志：

　　您好！

　　2007 年 10 月 31 日，我的《周有光语文论集》得到了中国人民大学吴玉章基金的特等奖。这部书是北京大学苏培成教授编辑的，是上海文化出版社郝铭鉴同志出版的。没有二位的辛勤劳动，就没有这部书。吴玉章基金会奖励的实际是二位的辛勤劳动。

　　我向您表示衷心的感谢！

　　专此敬祝

时绥！

周有光

2007-11-02

2007 年 11 月 6 日　苏培成致周有光

周先生：您好！

您 10 月 19 日信及《古典文字问题丛谈》都收到了，11 月 3 日信及寄郝铭鉴信的副本也收到了，多谢。

您的著作获奖值得祝贺，这对于进一步开展语文现代化的研究有很大的促进作用。我还希望看到您的多卷本文集的出版。为这件事我曾与两家出版社谈过，没有结果，不知三联书店有没有接受出版的可能。上海的郝铭鉴先生对出版《周有光语文论集》出了大力，他亲自做责任编辑。到目前为止，我只在书中发现了一个错字，在第 1 卷第 3 页第 2 行，"文字方案"错成了"文字文案"。

10 月 30 日至 31 日我参加了第八届国际汉字研讨会，韩国和日本的代表都不是第一流的，他们热心中日韩书同文，中方没有响应。可是本月 3 日韩国的《朝鲜日报》发表文章，硬说会议已就"统一汉字"达成协议。为了澄清事实，《环球时报》本月 5 日发表文章《统一汉字，中日韩并无协议》。

为了纪念明年《汉语拼音方案》公布 50 周年，山东卫视要拍五集电视片。前两天他们给我看了脚本，我发现有许多问题叙述不准确。他们从守温 36 字母讲起，还讲了八思巴字，对于

拼音方案的制订和应用反而讲得不多。我提了意见，不知对方
是否接受。

敬礼！

学生　苏培成

2007-11-06

2007 年 11 月 21 日　苏培成致周有光

周先生台鉴：

惠寄的庞旸的两篇文章收到了，也读过了。文章写得不错，尤其是关于"双文化"论的那一篇，对您的文化思想做了些发挥，帮助读者了解您的论述，很有意义。

下面向您报告一下我近来的工作。

最近半年，商务印书馆要我编一本供台湾人学习简化字用的小字典，这是语信司李宇明出的点子。小字典刚刚编好，定名为《台湾正体字与大陆简化字对照字典》，有 20 多万字，昨天送到了商务印书馆。

10 月 24 日至 26 日，我参加了教育部语用司、基教二司在北京语言大学举行的"汉语拼音教学国际讨论会"，我提交的文章是《慎言修订〈汉语拼音方案〉》。会议期间，语言大学的刘振平老师送给我 20 多篇讨论修订《汉语拼音方案》的文章，这些文章是他搜集到的近两年报刊上公开发表的，开阔了我的视野。我现在在修订我的文章。如果能够写成，就可以编入会议论文集；如果写不成，就放弃了。其实，我对《汉语拼音方案》也没有深入的了解，写的文章无非是引用您的著作，稍加发挥，我的理解也不一定正确。

这几年我申报了语委一个课题《中国语言规划的历史(1949 年以后)》，现在已经做完，并结项。我准备再加打磨后交出版社出版。政府的语文工作千头万绪，主要的两项是语文改革和语文规范，我着重论述这两个方面。出版时，我想改名为《新中国的语文改革和语文规范》。

商务印书馆汉语编辑室的周洪波要我主编一部《新华大字典》，字头要收四五万字，我打算接受这项工作，试一试，看能不能做好。要请几个人合作，要用三四年的时间。

我有时也写点小文章，内容都很肤浅，值不得您过目，也就没有去打扰您。北大校长许智宏今年 66 岁，连续做了九年校长，近日退休。新校长叫周其凤，北大化学系的毕业生。原为吉林大学校长，现调为北大校长，已经到任。

敬问

冬安！

苏培成

2007 年 11 月 21 日

2008 年 3 月 29 日　苏培成致周有光[1]

周先生台鉴：

您寄给我的《两会出现恢复繁体字呼声》一文收到了，多谢。文章说《汉字五千年》受到中南海的推崇，不知是否可信。

这次出现的"复繁"的呼声除了学术本身的原因，恐怕更为主要的是非学术的原因，是不是有某种势力在利用简繁字问题做文章？您看，最近对于五一是否恢复长假的问题，有的地方明显地在闹独立性。——不知我说的对不对。

前天，上海电视台艺术人生频道的编导邀请我去上海录制节目，和潘庆林委员辩论要不要恢复繁体字。我答应了他们的邀请，准备 4 月 2 日去上海，当天晚上录节目，播出的时间我还不知道。因为艺术人生频道没有"上星"，北京看不到。提出恢复繁体字的潘委员在日本，由他的同伙苏灵（本名吉启鸣）还有一个什么人出场，反对恢复繁体字的一方有复旦大学的葛剑雄和我。我准备严格控制在学术层面讨论问题。

---

[1] 2008 年 3 月周先生给我寄来《亚洲周刊》发表的江迅写的《两会出现恢复繁体字呼声：从简回繁笑话百出》。这是我回复周先生的信和截取江迅文章的前五段。复信提到的 4 月去上海电视台录制和潘庆林委员辩论的节目，如期举行。潘委员本人没有到场，由他的代表出席辩论会。——苏培成注

针对潘委员认为简化字"粗糙"的观点，我想说，90％的简化字来自中国的古代，与繁体字的历史同样古老。繁体和简体都是汉字，都是我们的祖先的创造，无法区分"粗糙"和"细腻"。现有的繁体字其实在古代有些本来就是简体字，例如"车"的繁体"車"，在甲骨文里它就是简体。如果说简化字"粗糙"，像"車"怎么会由粗糙变为"细腻"了呢？——我这样说不知合适不合适。

现在把上海电视台传给我的一点资料寄给您，请便中翻阅。

我现在在为商务印书馆主编《新华大字典》（一卷本）。另外，十五年前我编的一本《标点符号实用手册》，现在要转到外语教学与研究出版社，出版前要做一些必要的修改。

祝

春安！

学生　苏培成

2008 年 3 月 29 日

原信附录：

两会出现恢复繁体字呼声：从简回繁笑话百出

《亚洲周刊》江迅

央视纪录片《汉字五千年》追溯汉字渊源，受中南海推崇，一个月内连播三次。总策划麦天枢预测，繁体字最终会恢复，取代简体字。而诸多政协委员也在两会期间发出重新振兴繁体字的呼声。

纪录片《汉字五千年》一个多月前在中央电视台第一套节目播出，初始反响不大。不过，人们对这部纪录片的关注度渐渐升温，先是知识界的反应，而后是中南海高层的推崇，于是，中央电视台第一套、第四套节目同时在黄金档期重播，一部纪录片一个月内连播三次，在中国电视史上实属罕见。作家、学者麦天枢是这部纪录片的总策划和撰稿指导，谈到简繁体字之争，他相信最终会改回繁体字，繁体字才是华人文字和文化的根源。

麦天枢是上世纪80年代的报告文学（报道文学）代表作家之一，也是多年前热播的《大国崛起》总策划人之一。麦天枢说："过去之所以要简化，是对效率的追求。现在认字、写字越来越键盘化，繁体字之繁，对人认字写字已经不成问题，而繁体字却直接包含了对传统和对文字本质的认识。不过存在两种成本：一是电脑的普及度，有多少人习惯键盘化书写；二是简体用了几十年，转成繁体如何被接受。因此不是观念问题，而是社会成本、社会策略问题。汉字出现已有三千二百多年，简体字才几十年，它是在外界压迫下一个不得已的、令人棘手的选择。

在中国，简繁体字之争数十年来始终没有销声匿迹，恢复繁体字的呼吁也从未停止。最近再度成为热门话题，是刚闭幕的全国人大和政协两会上，全国政协委员、天津市侨联副主席潘庆林递交了用十年时间，分批废除简体汉字，逐步恢复繁体字的提案。他的建议有三条理由：

首先，上世纪50年代简化汉字时太粗糙，违背了汉字的艺术和科学性。其次，以前说繁体字太繁琐，难学难写，不利于传播，但是现在很多人都是用电脑输入，再繁琐的字打起来也一样。另外，恢复使用繁体字有利于两岸统一。现在台湾地区依然用繁体字，并称其为"正体字"，还要为其申请非物质文化遗产，给大陆方面造成压力。

2008 年 8 月 27 日　周有光致苏培成

培成同志：

2008-08-12 来信❶，收到了。谢谢！

《百岁口述》，撰者是一位广州记者。出书前我没有看校样，不知道要出书，以为只是普通的记者访谈。撰者去请余英时写序，事前我也不知道。

录音是断续的谈话连接起来的，不是一气呵成的，其中有重叠，有脱漏。说事不详，语句不全，语气和说法不同于我的习惯。不过大意基本没错。

西安李平来信说，撰者"文笔不怎么样"。他把"余生也晚"写成"余生亦晚"，可见一斑。

录音不清楚，容易听错、记错。例如"风景又好"错成"附近又好"（p.50）。听错了。

找记忆有误。一位读者来信指出，赵元任家不是"八桂堂"，而是"湛贻堂"。

"贺兰山缺"，我想应当写"缺"（缺口）。可是，"缺"和

---

❶ 周先生信中说到我的 8 月 12 日来信找不到了。《百岁口述》指周有光口述、李怀宇撰写《周有光百岁口述》，广西师范大学出版社 2008 年 5 月版。——苏培成注

"阙"可通用（《现汉》p.1135），容易误作"阙"。

虽然缺点不少，已经出版了，也就算了。无错不成书嘛，何必计较。所幸错处无关宏旨。英国人常说："不要哭打翻的牛奶。"我不想给撰者指出错误。我耳聋，是"真聋"，还要加上"装聋"，才能天下太平，皆大欢喜。

关于"从传统到现代"，余英时表达了美国的实用主义思想，此中藏有深意。文化要承前启后，不能破而不立。胡适也重视这个思想。余英时可能暗暗是在批评苏联模式。他的表扬，我不敢当；他的用意，值得重视。

专祝
健康快乐！

周有光
2008-08-27

2008 年 9 月 22 日　周有光致苏培成

培成同志：

附上拙稿杂文《人类历史的演进轨道》❶，给您看着玩儿。

我想跟您商量一件事：

一位亲戚说，我十年前出版的《中国语文纵横谈》作为大中学生的课外读物，还有需要。他建议我把其中的资料和统计数字更新一下，重新出版。我觉得这可以考虑。

我年老力衰，不能自己来修订了。我想，您如果有兴趣、有时间，请您来进行修订，成为你我二人的合著作品。不知您意下如何？请考虑，告诉我。

谢谢！谢谢！

专祝

健康快乐！

周有光

2008-09-22

---

❶ 随这封信，周先生寄来了他的杂文《人类历史的演进轨道》。有兴趣的读者可参阅周先生的《朝闻道集》，世界图书出版 2011 公司年出版。在这封信中，周先生提出要修订《中国语文纵横谈》的事，我收到信后在认真考虑，没有及时回复。周先生在同年的 10 月 8 日又给我写信谈这件事，请参阅 10 月 8 日周先生的信。——苏培成注

2008 年 10 月 8 日　周有光致苏培成

培成同志:

来信收到,谢谢!

您太客气了。我们家乡有句老话:"多年父子表兄弟。"我的儿子今年 75 岁,已经是气象学界的国际有名专家了,他和我的关系实际变成"表兄弟"一样,平起平坐,不再是爸爸和儿子的襁褓关系了。你和我也是一样,不能永远是师生关系,早已是老朋友关系了。

你如果有时间、有兴趣,就请您给《中国语文纵横谈》进行加工。时间不限,可以复印一份,留些纸边,方便加工书写。将来另找一家出版社付印。具体如何修改,全由您来决定。

再附上一篇文稿,给您看着玩儿。

谢谢!谢谢!

专祝

健康快乐!

周有光

2008-10-08

2008 年 10 月 15 日　苏培成致周有光

周先生台鉴：

10 月 8 日函和新作《世界四种传统文化略述》都收到了，多谢。

为参与修订《中国语文纵横谈》的事，我仔细想了，好几天，想来想去，总是觉得我没有能力做这件事。您是知名的大学者，在社会有广泛的影响。《中国语文纵横谈》是一部充满智慧光芒的、包含许多创见的、极为深刻学术论著。我的知识少得可怜，能力也极有限，和修订这部著作所需的条件差距极大，无法缩短。您说："具体如何修订，全由您来决定。"我有一点自知，我十分惶恐。我如果自不量力，冒然动手，一定会错误百出，糟蹋了这重要著作。那我的过错就无法弥补，不但辜负了您的期望，还会有无法解脱的强烈的负罪感。您的著作和为人，永远值得我学习。请您宽恕我的无知和幼稚，我确实无法承受您的重托。

您的新著，我在慢慢地学习，吸收其中的营养成分。

祝您健康快乐

不肖学生　苏培成敬上
2008 年 10 月 15 日

2009 年 1 月 17 日　苏培成致周有光

周先生：

　　您好！

　　惠寄的新作《理想与现实》《从人均 GDP 看世界各国》收到了，阅读多遍，慢慢体会、消化，很受教益。您不但是语言文字学家，更是思想家。您思考的不但是如何实现中国语文的现代化，更为重要的是国家社会的科学发展，呼唤德先生和赛先生，希望德先生早日拿到护照，莅临中国。上面的体会不知道说得对不对。新中国建立时，我只有 21 岁，接受了许多教育。后来赶上了一连串的"运动"，脑筋被各种各样的马来回践踏，不断地"学习"，"文革"结束后才似乎开了点窍。阅读您的文章，眼界得到开阔，似乎明白一点世界大事，恐怕还不是真明白，我不敢就思想、政治方面问题发表意见，不具备这方面的素质。也只不过希望多少明白一点，不要受骗，不要被错误的观点牵着走就是了。您的著作对我启发很大。

　　前些时候，在网上读到张森根写的一篇文章《周有光未能付梓的〈朝闻道集〉编者感言》，我无法分辨文章说的是否属实。现在把那篇文章打印奉上，可能您早就读过了，对您没有参考价值，白白打扰您。不过我倒是希望《朝闻道集》能早日问世。

前几天，国家图书馆有位叫蔡萍的女士和我联系，要我去国家图书馆主办的"文津讲坛"做一次演说。我知道这个讲坛办得不错，是向社会公众传播科学的严肃的讲坛，不是电视台"百家讲坛"那个类型。我答应了她的要求，定在 2 月 28 日去文津街的老国家图书馆讲一次，讲题定为"汉字进入了简化字时代"，不知道能不能讲好。蔡萍要我推荐讲座的主讲人，我没有和您沟通就向她推荐了您。过几天，蔡萍要写信或打电话，和您联系，向您介绍讲座的情况。您如果不想去，回绝她就是了；如果同意去，将会使听众受益。

还有，前天晚上复旦大学的陈光磊先生给我打电话，告诉我复旦大学的学生编印一种刊物叫《雅言》，春节后准备来北京访问一些学者，谈语文问题。他们想去拜访您，向您请教。春节后他们会和您联系。

2008 年，我做了点小事。参加过两次有关汉语拼音的学术会，写了两篇宣传汉语拼音的文章。文章无新意，不敢打扰您。应商务印书馆的要求，编了本《台湾正体字与大陆简化字对照字典》，只有 20 多万字，忙了大半年。目前已经交稿，不久可以印出。2002 年，我申报了国家语委的一个科研项目，题目是《中国语言规划的历史研究（1949 年以后）》，2008 年结项，有44 万字。书稿已经交给了商务印书馆，定名为《当代中国的语文改革和语文规范》，不知能不能顺利出版。书中对语文的工作有所评论，不知说得是不是有道理。

　　山东电视台与国家语委合作拍摄了七集电视专题片《史说汉字》，已大体就绪，准备在春节时播出。他们找到我，我在力所能及的范围内给予了支持，提了点意见。

　　新年已过，旧年将至，祝您快乐！

受业　苏培成　敬上

2009 年 1 月 17 日

2009 年 2 月 16 日　苏培成致周有光

周先生台鉴：

　　您给王尚文先生复信的副本收到了，多谢。

　　我曾去浙师大访问，见到过王尚文先生。他是研究语文教学法的，发表过多篇有关语文教学的文章，不过我没有认真读过。

　　您对浙江版《大学语文》的批评切中时弊，读后深受启发。您的信如果能够公开发表，对于廓清语文方面的谬误会有积极的作用。"汉字是魔方"最早可能出自《汉字文化》，问世后受到一些人的追捧。北大出版社出版的《中国汉字文化大观》，标题就有"东方魔块"，大约是"魔方"的变种。主编可能认为这是颂扬汉字，其实正是贬低汉字。

　　今年 2 月 2 日的新浪网刊出一篇博客，题目是《季羡林老人谈国学》，文中说季先生就汉字简化提出四点意见，认为"汉字简化及拼音化是歧途"，几天之内点击率达 24 万。国家语委找到我，要我做出回应，我用了一些时间写成《汉字简化是误入歧途吗?》，定于 16 日去人民网播讲。现在把文稿奉上，方便时请您费神指正。

　　目前，我做的主要事情是为商务印书馆主编一部《新华大字典》(一卷本)。

敬礼!

学生　苏培成

2009-02-16

附录：**❶**

尚文先生：

《大学语文》（浙江人民出版社，2008），收到。谢谢！

读后发现，书中可能有白璧微瑕，敬陈说明如下：

"第二单元"，"第四"，"汉字魔方"。其中说："汉字也是汉语构词的基本单位。"又说："回文……使汉语具有一种类似魔幻和超现实的特性。"

我的理解：

（一）汉字是一种文字；人类语言存在了几万万年之后，才出现文字。"文字"不可能构造"语言"的"词"。

（二）把汉字比做"魔方"，说它有"魔幻"的特性，是贬低汉字的价值，嘲弄汉字的尊严。正规的"汉字学"著作向来没有这种说法。汉语没有"超现实"特性。不知道世界上有没有"超现实"语言。

以上理解只是我一孔之见，不一定对，冒昧陈说，谨供参考，还请批判考虑。

专祝

健康快乐！

周有光

2009-02-02

---

❶ 这是周先生写给浙江师范大学王尚文的信的副本。周先生把副本寄给我，并注明"副本，参考，勿外传"。——苏培成注

2009 年 2 月 24 日　周有光致苏培成

培成同志：

　　我的儿子周晓平回来，帮我在人民网视频上看到你对"季四点"的讲话。我耳聋，只听懂三分之一，未能观其全貌。

　　我感觉很好，很高兴！

　　你的"商榷"文章写得极好！

　　我想介绍给《群言》杂志发表。你同意不同意？请告诉我。

　　专祝

健康快乐！

周有光

2009-02-24

2009 年 3 月 1 日　苏培成致周有光[1]

周先生台鉴:

您寄给我的上面载有《李辉质疑文怀沙》的《北京晚报》收到了，谢谢。我在天津读中学时，读过文怀沙翻译的屈原的作品，印象是水平一般。这次读了李辉的文章和文怀沙的答辩，是非非常清楚。文怀沙这位"国学大师"一碰就倒，脆弱得很。

您 2 月 24 日给我的信收到了，多谢您的鼓励。对季先生我早有腹诽，这次加深了我对这位老学者的看法。我非常愿意把我的文稿在《群言》上发表，麻烦您介绍推荐，十分感谢您的提携。我的想法来自您的著作，不过资质鲁钝，未能获得您的学术的神髓，只有以后多加努力。

今年春节前，我完成了三部书稿，已经交给出版社。如果不出意外，会陆续出版。一本是《台湾正体字与大陆简化字对

---

[1] 2009 年 2 月 16 日，我去人民网教育频道就季羡林先生关于简化字的四点（就是周先生信里说的"季四点"）批评提出商榷意见，现场直播。周先生在信里提出要介绍给《群言》杂志发表，不知什么原因没有能够实现。我在复信里提到的三本书后来都出版了。《台湾正体字与大陆简化字对照字典》改名为《台湾与大陆常用汉字对照字典》，商务印书馆 2010 年 2 月版。《当代中国的语文改革与语文规范》，商务印书馆 2010 年 2 月版。《语言文字应用丛稿》，语文出版社 2010 年 6 月版。——苏培成注

照字典》，20 多万字，这是商务印书馆的约稿，出版没有问题，近日可以发排。第二本是《当代中国的语文改革与语文规范》，有 40 多万字。是国家语委的科研课题，做了五年才勉强完成，其实就是当代中国的语文工作的历史。我心中的榜样是黎锦熙先生的《国语运动史纲》，可惜我没有黎先生的功力。稿子已经交给商务的周洪波，他答应接受出版，但是还没有签订出版合同。第三本是从我最近 5 年写的文章选出了 30 篇，勉强叫做论文集，取名为《语言文字应用丛稿》，已经交给了语文出版社，对方没有拒绝，估计会接受出版。目前正在做的是为商务印书馆主编一部《新华大字典》（一卷本），现在还处于前期的准备。

敬礼！

学生　苏培成

2009-03-01

2009 年 3 月 13 日　周有光致苏培成

培成兄：

　　此书❶有可读性，特作介绍，您可拨冗一读。

周有光

2009-03-13

时年 103 岁

---

❶　2009 年 3 月 15 日，收到周先生的赠书——龚益著《社科术语工作的原则和方法》。此信是周先生在扉页上的题字。——苏培成注

2009 年 3 月 16 日　苏培成致周有光[1]

周有光先生台鉴:

惠赠的龚益先生的大作《科技术语工作的原则与方法》收到了,十分感谢。特别感谢您关心我的阅读,指导我的阅读。多年前,曾和龚益先生通过电话,谈的是筹建文字博物馆的事,后来没有结果。去年《科技术语研究》杂志举行创刊十周年纪念会,龚益先生和我都应邀参加,可惜当时我并不知道,所以失之交臂,未曾晤谈。这次得到龚先生的大作十分高兴,感谢您和龚先生,这部书将为我打开知识宝库的一扇门。

目前,我根据商务印书馆的安排,在为它主编一部《新华大字典》,计划全书约 300 万字,一卷本。现在有五个人一起做这件事,估计要两三年,也可能要更多一些时间。

敬祝

春安!

学生　苏培成

2009 年 3 月 16 日

---

[1]　此信是我发给周先生的电子邮件。——苏培成注

2009 年 6 月 22 日　周有光致苏培成

培成同志：

近来网上谈论"简繁问题"的文章越来越多。我的想法是：

(1) 可在高中开一节"读古书"的选修科，学习阅读繁体字的古书，例如《古文观止》。

(2) 小学和初中，完全不变。规范字就是"正体字"，包括一小部分是简化字。

这个办法，可称为"用简识繁"。避免扰乱原来程序，可能平息纷纷议论。

如果你认为这个办法可行，请向教育部主管语文的同志提出建议。

专祝

工作快乐！

周有光

2009-06-22

2009 年 6 月 28 日　苏培成致周有光

周先生台鉴：

　　6 月 22 日函敬悉。您提议可在高中开一节"读古书"的选修课，让学生学习阅读繁体字古书，很有启发。您说"可能平息纷纷议论"，不过我担心此举的效果，恐怕不能完全平息争论，因为要求恢复繁体字的意见来自几个不同的方面，其中的激进派自然不会满意。我还怕这伙激进派从这点改动里受到鼓舞，进而要求废弃百年来语文改革的全部成果，把争论进一步扩大。我想是不是再观察一段时间，看争论向哪里发展，看社会不同阶层民众的反应到底如何，等到合适的时机再提出建议。我很幼稚，以上说的很可能没有道理，是无知的妄说，不该打乱您的思路。

　　今年春节前，我编完了三部书稿。《台湾正体字与大陆简化字对照字典》和《当代中国的语文改革和语文规范》，商务印书馆已经通过了选题，接受出版，不过出版社的发行部门把第一部书稿改名为《海峡两岸常用字对照字典》，这样一来名实不符，目前也只好接受。第三部叫《语言文字应用丛稿》，已经交给了语文出版社。最近，我收到教育部的通知，要我去参加 7 月 11 日至 12 日在长沙举行的"海峡两岸论坛"，讨论马英九提出的两岸合编《中国大辞典》的问题。7 月 1 日要去国台办听取政府主管部门的意见。

天气炎热，请您多多保重！

学生　苏培成

2009-06-28

2009 年 10 月 14 日　苏培成致周有光

周先生台鉴：

您 10 月 11 日寄出的《文字学问题半日谈》和 10 月 12 日寄出的《汉字的表音化》《文字学问题半日谈》都收到了，也拜读了，十分感谢。我学识浅薄，需要慢慢吸收消化，一时谈不出什么想法，容我日后再向您报告学习收获。

下面只谈一个问题。在《文字学问题半日谈》的最后一节里，您转引了王宁在《汉字构形学讲座》里的一段话，我感到这段话提出的看法难以成立。她的原话是："口头语言有两个要素——音和义，记录语言的文字，只能从中选择一个要素来作为构形的依据；所以，文字形体直接显示的信息只能或是语义，或是语音。"这种观点并不是王宁的发明，早就有人提过。已故的王伯熙先生对这种观点早就做了批评。王伯熙说："和'表音文字'并称的'表意文字'，是不妥当的说法。因为表音文字所记写的音节、音素，是脱离了意义的、独立的纯语音；而所谓的'表意文字'所记录的并非脱离了语音的、独立的纯语义，它所记写的永远是粘着语音的语义。"（《文字分类和汉字的性质》，载《中国语文》1984 年第 2 期第 111 页）在语言这个层级体系里面，下层是语音层，包括音素和音节两级；上层是音义结合的符号和符号系列。这一层又分为几级：第一级是语素，第二级是由语素构成的词，第三级是由词构成的句子。字母记录的音素或音节，是独立存在的；而表意文字记录的语义是不独立存在的，语言系列里实际存在的是音义结合的语素、词、句子。语言里不独立存在的成分，文字根本无法去记录，所以王宁说的表意文字是不能成立的。再者，把汉字说成是"表意文字"还有另外一个错误。裘锡圭说："近代研究世界文字史的学者，起初把汉字、圣书字、楔形文字这种类型的文字称为表意文字。这一类型的文字都包含大量表音的成分，把它们简单地称为表意文字，显然是不妥当的。"（《文字学概要》第10页）在您的体系里，把汉字称为"意音文字"就没有王宁说的"表意文字"的毛病。

我编的那本小书《现代汉字学纲要》准备出第三版。这一段时间我在订补，订是订正讹误，补是补充一些新资料新想法。国家语委语用司组织的"首届全国大中小学生规范汉字书写大赛"，近日要进行特等奖比赛，教育电视台要播出比赛情况。我被聘为评委，要占用一些时间。国家新闻出版总署要开展辞书评比，分给我一部辞书要我去检查它的编校质量，读10万字。这几件小事忙得我不亦乐乎。

敬祝

秋安

苏培成

2009 年 10 月 14 日

226

2009 年 10 月 21 日　周有光致苏培成

培成同志：

我想请您帮我考虑一个问题。

一位女亲戚来借我的《汉字改革概论》，她说，这本书仍旧有参考价值，可是书店久已没有出售了。她建议我把它修订一番，增补一章"中国语文的时代演进"，重新出版。

《汉字改革概论》，1961 年第一版，1964 年第二版，1979 年第三版，1978 年香港版，1985 年日本翻译版。停版已经 30 年了。

您看，她的建议是否值得实行？修订增补，工程不大，但是我怕是时移情迁，没有读者。

如果您认为值得重新出版，我要请您写一篇短短的"新版前言"，介绍此书的作用。

请烦考虑，便中见复。

谢谢！谢谢！

专祝冬安！

周有光

2009-10-21

2009 年 10 月 28 日　苏培成致周有光

周先生台鉴:

10 月 21 日函敬悉。关于《汉字改革概论》修订重版的问题，以我的经验、阅历、学识，很难做出准确的判断。收到您的来函后，我想了几天，下面报告我的想法，没有参考价值，不要影响您的决定。

(一)《汉字改革概论》是一部很重要的著作，开辟了使文字改革和语言学挂钩的新天地，有广泛的影响，至今仍旧有参考价值。我个人在学习过程中，从这部著作中获益良多。

(二) 今天的语文生活的状况、读者状况，与半个多世纪前有很大不同。如果大修大改，不如另写一部；如果小修小改，很难满足现代的需要，还可能使原著的价值受损，不如不改。如果哪家出版社愿意出版，您可写一新版序言，如同《汉语拼音　文化津梁》那样，对读者会有不少帮助。上个世纪 50 年代，中华书局重印了王了一先生的《中国现代语法》和《中国语法理论》，王先生写了"新版自序"。这篇自序是很重要的语法论文。

"首届大中小学生规范汉字书写大赛特等奖比赛及颁奖晚会"于 25 日晚举行，开得很热闹。录像将在中国教育电视台播出，播出的日期待定。我受邀做评委，有简短的发言。

　　敬礼！

学生　苏培成

2009-10-28 凌晨

2009 年 10 月 31 日　周有光致苏培成

培成同志：

我再次考虑之后，决定不采取修订《汉字改革概论》的建议。这将是多此一举。打扰您了。抱歉！

专祝

冬安！

周有光

2009-10-31

原信附录：

文字学问题半日谈（修正稿）

周有光

（这篇半日谈是几篇谈话记录的合并和节略，初步探讨，定多不妥，敬请读者批评指正。）

名称更新和视野扩大

问：研究汉字的学问，为什么既称汉字学，又称文字学？

答：古代称小学，指小孩学习汉字的方法。清末改称文字学，从识字方法发展为文字理论。1950 年代改称汉字学，说明汉字学是文字学的一个部分。名称更改反映认识发展。

问：文字学包含哪些内容？

答：传统文字学主要研究古代汉字形音义的历史演变。清末掀起文字改革运动，开始注意现代汉字的研究，晚近形成现代汉字学，多所大学已经开设这门课程。把汉语和非汉语的汉字系统作为研究对象，形成广义汉字学。把人类文字总系统作为研究对象，形成人类文字学。文字学就是人类文字学，又称普通文字学，正像语言学就是人类语言学，又称普通语言学。

问：现代汉字学研究些什么？

答：现代汉字学研究汉字的现状和问题，注重汉字的当前应用，包括汉字在电脑上的处理技术。

问：广义汉字学有什么用处？

答：研究广义汉字学是汉族和少数民族的共同需要，对相互了解和发展共同文化有多方面的意义。它是汉字学的一个新领域，有 30 来种非汉语的汉字型民族文字，分为孳乳仿造、变异仿造和异源同型。

问：研究人类文字学是否就是引进国外文字考古学的成果？

答：研究人类文字学是扩大我们对文字学的视野，不仅引进国外的研究成果，还要从中国的角度研究新的问题，例如汉字跟其他古典文字的共同规律和各别特点，汉字在人类文字中的历史地位。

文字分类和汉字类型

问：研究文字分类法有什么用处？

答：学术大都从分类开始，然后进入科学领域，例如语言学、生物学。文字学也是如此。分类法又称类型学，是文字学的基础课题。

问：你是如何研究分类法的？

答：中外文字学学者提出的分类法，一人一套，各不相同。我把多种分类法排列比较，发现都是以文字的特征为依据。文字的特征有三个方面：（1）语言段落（篇章、章节、语句；语词、音节、音素）；（2）表达方法（表形、表意、表音）；（3）符号形式（图符、字符、字母）。我把三个方面的各个层次排成一个三棱形序列，称为"三相分类法"。任何文字类型都能在这里找到它的位置。

问：汉字属于什么类型？

答：现代汉字体系，从语言段落看，是语词和音节文字，简称语素文字（成词语素和不成词语素）；从表达方法看，是表意和表音文字，简称意音文字；从符号形式看，是字符文字。综合三个方面，现代汉字体系是"语词和音节＋表意和表音＋字符"文字。

问：把汉字体系说成象形文字，错在哪里？

答：甲骨文中只有少数象形字。汉字从篆书变为隶书之后，象形字完全不象形了。把汉字体系说成象形文字，对古代，对现代，都不符合事实。这一错误来自国外。古埃及字有三种体式：（1）图形体的圣书字，圣书字这个名称又作三体的统称；（2）草书体的僧侣字；（3）简化体的人民字。国外错误地把一切非字母文字统称为圣书字，中国又错误地翻译成为"象形文字"。

问：什么叫做汉字的性质？

答：汉字的性质就是汉字的特征。

问：关于汉字的性质，为什么各家说法不同？

答：文字分类法告诉我们，文字的特征有三个方面，各个方面又分几个层次。各家根据的方面和层次各不相同，未能综观全局，所以众说纷纭。我归纳 30 多家"两类九种"不同说法，其中不少是相互补充的，并不彼此矛盾。例如汉字的"语素文字说"根据语言段落，"意音文字说"根据表达方法，是相互补充的，如能兼顾两方，说法就完备了。

语言特点和文字类型

问：有人说：汉族没有采用拼音文字而采用方块字，是汉语的特点决定的。西方的多音节语决定用拼音，汉族的单音节语注定用方块字。又有人说：汉语音节分明，没有词尾变化，因此创造汉字；英语音节复杂，有词尾变化，因此采用字母。

答：比较文字学把这些说法叫做"语言特点决定文字类型"。可是，朝鲜和日本的语言特点跟汉语不同，他们都采用汉字，因为汉字随汉文化传播到他们国家。汉语和藏语的语言特点相同，同属汉藏语系，可是汉语用汉字，藏语用字母，因为印度字母随印度文化传播到西藏。汉语在古代是单音节语，后来变成多音节语；翻译佛经和西洋科技语的需要，促进汉语迅速多音节化。采用罗马字母的国家有 120 多个，他们的语言特点各不相同，由于同样接受西欧文化，采用同样的罗马字母。事实证明，"文化传播决定文字类型"，不是"语言特点决定文字类型"。

问：日本假名字母的产生，是日本语言特点所决定，跟中国文化无关。这不是"语言特点决定文字类型"吗？

答：日本采用汉字之后，从汉字中发展出假名，这是古典文字传到异国之后从表意向表音发展的共同规律。汉字没有退出日文，汉字和假名的混合文字仍旧属于汉字类型。

文字系统和发展规律

问：中国文字有中国的发展规律，外国文字有外国的发展规律，用外国的规律来硬套中国的文字，合适吗？

答：我起初也认为发展规律中外有别，难于综合研究，后来比较更多的文字种类，渐渐认识到人类文字是一个总系统，只有一套共同的发展规律。系统观和发展观是人类文字学的两个基本理点。

多个文字单位（例如汉字单位）组成文字体系（例如汉语的汉字体系）；多个文字体系组成文字系统（例如汉语和非汉语的汉字型文字系统）；多个文字系统组成人类文字总系统。比较多种文字，尤其是丁头字系统和汉字系统，可以看到文字发展规律的世界共同性。

问：文字从"表形"到"表意"到"表音"的"形意音"发展规律，有人认为不能成立。理由是汉字在中国用了三千年没有变成拼音文字。

答：丁头字在两河流域是表意兼表音的意音文字，只在书写人名时候完全用表音符号；传播到新埃兰和早期波斯演变成主要表音的音节文字，只保留极少几个表意词符；传播到乌加利特演变成完全表音的字母文字。汉字在中国是表意兼表音的意音文字，传播到日本产生表音的假名音节字母。彝文在云南是表意字和表音字结合的意音文字，到四川凉山变成纯粹表音的音节文字。东巴文是表形和表意的形意文字，使用中在本身内部演变出同时并用的音节字母；又演变出音节文字的哥巴文。比较多种文字的演变历史，就能看到"形意音"的演变规律符合客观历史事实。

人类文字的历史分期

问：你把汉字归入"古典文字"中，有人认为贬低了汉字的地位。

答：世界文字的历史分为三个时期：（1）原始文字；（2）古典文字；（3）字母文字。汉字不是原始文字，也不是字母文字；汉字的本质属于古典文字。不是谁把汉字归入古典文字之中，而是汉字本身属于古典文字。

问：古代汉字属于古典文字，可以同意；现代汉字并不"古"，怎么也属了古典文字呢？

答："古典"是 classic 的翻译。原义："典范、经典、成熟、高雅。"例如："古典音乐"。这不是狭义的"古代"。

问：中国有"古文字"说法，没有"古典文字"说法。"古典文字"说法是从哪里来的？"古文字"和"古典文字"的区别何在？

答："古文字"是历史概念，人们把隶变以前的"甲、金、大小篆"称为"古文字"。"古典文字"是文字类型学概念，说法来自西方。起初把楔形字、圣书字和汉字称为"三大古典文字"，后来加上玛雅字、云南彝字。它们外形彼此不同，而内在结构基本一致，都是自源文字，有意符、音符和定符，都表"语词和音节"，都是表意兼表音。在人类文字发展史中，它们是"原始文字"和"字母文字"之间的一个重要发展阶段。

两系并立和一线传承

问：不少学者认为，汉字和字母是两个并立系统，各自独立发展，字母的创造跟甲骨文的时代相同。怎么可能是一先一后彼此传承的两个阶段呢？请看王宁教授《汉字构形学讲座》中说：

> 世界上的文字只能有两种体系：（1）表意体系，（2）表音体系。把世界上的文字体系分为两个大类，是从文字记录语言的本质出发的。口头语言有两个要素：音和义。记录语言的文字只能从中选择一个要素作为构形的依据。世界文字体系的两分法正是按照文字构形的依据来确定的。汉字是构意文字，汉字属于表意文字体系。我们主张"世界文字发展两种趋势论"。

聂鸿音教授《中国文字概说》中说：

在古往今来的一切文字中，如果没有外力的干预，从来没有哪一套意符文字自行演变成音符文字。在象形文字进一步演化的过程中，不同的民族对它进行了不同的改进。侧重于"音"的民族把它发展成拼音字母，侧重于"义"的民族把它发展成方块表意字。世界上"音符"和"意符"两大文字类型便初步形成了。音符文字和意符文字是文字发展史上两个并列的阶段，其间并没有谁继承谁的问题。

答：世界文字发展史需要深入研究。文字考古学指出，字母脱胎于古典文字。楔形字和圣书字中有意音字，意音字由意符和音符结合而成；书写人名可以单用音符，由此演变出不用音符、只用音符的字母。字母在古典文字的母胎里孕育了两千年然后出世。古典文字产生字母，就是承前启后，循序演变；从古典文字到字母，是一个系统，不是两个系统。字母不可能没有母体而突然出世。字母是借源文字，不是自源文字。借源文字不能自立系统。汉字晚于楔形字和圣书字两千年，但是发展规律相同；汉字传到日本，产生音节假名字母；传到朝鲜，产生音素结成音节的谚文字母；这都符合古典文字趋向表音化的演变规律。

2009-10-11

2009 年 10 月 31 日　苏培成致周有光

周先生台鉴：

您 10 月 11 日寄出的《文字学问题半日谈》（修正稿）收到了。这些天因为忙于大中小学规范汉字书写比赛，和审读新闻出版总署交付的《中华现代汉语词典》，回信迟了，敬祈见谅。下面是我初步学习的体会，向您报告。我的文字学知识少而又少，没有发言权，承蒙下问，姑妄言之。下面的话都是胡言乱语，敬请指正。

昨天收到您 10 月 31 日寄出的信函，您说"决定不采取修订《汉字改革概论》的建议"，您的决定是非常正确的。

敬礼！

苏培成

2009-11-03

原信附录：

学习《文字学问题半日谈》

名称更新和视野扩大

（一）周先生说："把汉语和非汉语的汉字系统作为研究对象，形成广义汉字学。""研究广义汉字学是汉族和少数民族的共同需要，对相互了解和发展共同文化有多方面的意义。"

周先生在《现代汉字学发凡》里说过："外族汉字学研究汉字流传到汉族以外各民族中去以后的发展。有的民族创造整体汉字，例如契丹大字、女真大字。有的民族创造新形声字，例如越南的喃字、广西壮族的壮字、古代西夏国的西夏字。有的民族创造表音字母补充汉字，例如日本的假名，朝鲜的谚文。这些都是汉字式文字。"

根据上引的论述，广义汉字学是把汉语和非汉语的汉字系统作为研究对象。其中的非汉语的汉字系统既指国内的也指国外的，相当十《现代汉字学发凡》里说的外族汉字学。可见，广义汉字学的研究对象包括：（1）汉族汉字；（2）国内少数民族的非汉语的汉字系统，例如契丹大字，广西壮族的壮字；（3）国外的非汉语的汉字系统，例如日本的假名。

不知这样的理解是否符合周先生的意思。

（二）比较文字学的位置。我的理解应该属于人类文字学，或者叫普通文字学（一般文字学）。如同历史比较语言学属于普通语言学。不知这样的理解是否正确。

周先生说："研究人类文字学是扩大我们对文字学的视野：不仅引进国外的研究成果，还要从中国的角度研究新的问题，例如汉字跟其他古典文字的共同规律和各别特点……"其中的"各别特点"是不是说"各自特点"？

文字分类和汉字类型

（一）文字的"三相分类法"是科学的，对于说明文字的性质是有帮助的。许多研究汉字性质的文章把符形相隐含不论，认为汉字的符形是字符，很少争议，我想这样做是允许的。如果把论述的重点放在所记录的语言上，可以把文字分成语素文字、音节文字、音位文字等；如果把论述的重点放在记录语言所用的方法上，就可以把文字分为意音文字、表音文字等。正如周先生所指出的："汉字的'语素文字说'根据语言段落，'意音文字说'根据表达方法，是相互补充的，如能兼顾两方，说法就完备了。"朱德熙先生在论到汉字的性质时，正是"兼顾两方"。朱先生说："从汉字跟汉语的关系看，汉字是一种语素文字。从汉字本身的构造看，汉字是由表意、表音的偏旁（形旁、声旁）和既不表意也不表音的记号组成的文字体系。"（《中国大百科全书·语言文字》第130页）

（二）文字的三相是有联系的。和"语词—意音"相联系的是字符，而不是字母。和"音素——表音"相联系的是字母，很难是字符。三十六字母那样的字母，可以勉强记音，不能成为正式的文字。周先生说："纯粹的表意文字极少发现。"（《周有光语言学论文集》第296页）"字符——语词——表意"的文字几乎是不存在的，单靠表意的方法很难形成一个比较完备的文字体系，实际存在的是形意文字和意音文字。

关于由表意向表音的发展：

A. 汉字类的意音文字的三相分类是：字符——语素（语词）——意音；

B. 英文类的表音文字的三相分类是：字母——音素——表音。

由A过渡到B，三相全不同，不是钱玄同先生说的"只差一间"，而是隔着一条鸿沟，不易跨过。汉人十分熟悉A，要他们把A变成B很难，因为这不只是文字形式的改换，而是三相的全部改换。

（三）关于表意文字，从语段相说表意文字是不存在的，因为在汉字的语段中没有相应的表意语段。王宁主张汉字是表意文字，理由是汉字是据义构形的。这种说法是站不住的。在文字的三相中，没有语段是如何构成的这一相。语段的构成应该研究，但是和讨论某种文字的性质无关，不要把二者搅合在一起。"语段中没有相应的表意语段"和表达法里的表意法不是一回事，否定了前者，并不否定后者。如果由肯定后者就推出要

242

肯定前者，是不合逻辑的。

语言特点和文字类型

（一）"文字如何传播"与"文字类型是不是要适应语言特点"，二者是不同的问题，要加以区别，不要混在一起。文字的传播指文字由 A 民族传播到 B 民族，由 A 地传播到 B 地。"文化传播决定文字类型""文字跟着宗教走"，只能回答文字传播的动力问题，不能回答"文字类型是不是要适应语言特点"的问题。

（二）文字跟着文化走，由 A 地到了 B 地，但是到了 B 地以后的命运却往往不同。造成这种不同有多种因素，其中之一是 B 地的文化特点和语言特点。例如，梵文随着佛教文化由印度来到汉民族中间，汉民族接受了佛教并加以改造，但是并没有接受梵文，可能是因为汉民族有自己的相当发达的汉文化。（我不知道这样说对不对）汉字随着汉文化去到了日本和朝鲜，这可以证明"文字跟着文化走"，可是日语和朝鲜语的特点并不完全适合汉字。传过去的最初一段时间，尝试着用汉字来记录日语和朝鲜语，可以记录但是学习和使用并不方便。经过了长达上千年的摸索，才有了假名和谚文。假名和谚文分别适应日语和朝鲜语的特点，被民众所接受，长期使用。最后朝鲜放弃了汉字，全用谚文；日文改造了汉字，由语素文字改为了音节文字。这说明文字和语言确实存在着是否适应的问题。

汉语和藏语是亲属语言，为什么汉语用汉字、藏语用拼音文字？这是由历史文化造成的。为什么汉语用汉字，延续了几千年，维持不变？因为汉字基本适应汉语的特点。为什么藏语用拼音文字延续了几个世纪，维持不变？因为拼音藏文基本适应藏语的特点。对文字适应语言的特点不可以理解得过分狭隘。拼音字有很强的适应语言的能力，所以26个字母可以拼尽天下各种语言。在公元7世纪拼音藏文产生以前，如果汉字有机会传入了藏区，说不定藏文也可能采用了语素文字的汉字。如果汉民族不是有这么丰厚的传统文化，拼音字早几千年传入了汉族区，汉民族也可以接受拼音字。

文字和语言的适应也只能是基本适应，很少有百分百的完全适应。文字的改换是大事，一个国家或民族不到万不得已的时候，不会采取改变文字制度的举措。

文字系统和发展规律

（一）周先生说："系统观和发展观是人类文字学的两个基本观点。"这种看法非常富有启发性。文字是记录语言的符号，这是所有文字的共性。从进行书面交际出发，文字记录的语言不但要准确，而且要易学便用。这也是共性。既要准确又要易学便用，这是促进文字发展的动力。

谈到文字发展规律，还要关注自源文字和借源文字发展的不同。自源文字的发展主要是量变，借源文字才有可能发生质变。表形——表意——表音的发展，主要发生在借源文字的身上，因为借源文字为了适应新的语言环境和新的语言结构，不得不做出某种调整。调整促进了文字的发展。

（二）今天中国汉字生活是：汉字基本适应汉语的特点和汉语发展的要求，所以它有生命力；但同时又有不完全适应的一面，突出的表现是"几难"。这无论是在人际界面还是在人机界面都有反映。不过二者相适应是矛盾的主要方面，所以不会发生文字根本性质的改变。对不适应的方面如何解决呢？两条途径：（1）对汉字进行简化和整理，实行四定，降低学习和使用的难度，缓和矛盾；（2）在汉字不便使用和不能使用的领域发挥汉语拼音的作用。这就是当代中国的文字生活。这种文字生活能基本满足国家实行现代化、信息化建设的需要和民众生活的需要，所以将会持续很长很长的时间。一旦汉字生存的环境发生了改变，用汉字来记录汉语变得基本不能适应，而且逐渐成为社会的共识，汉字改变基本性质的时代就来了。

两系并列和先后传承

索绪尔的两系并列说。索绪尔主张："只有两种文字的体系。（1）表意体系。一个词只用一个符号表示，而这个符号却与词赖以构成的声音无关。这个符号和整个词发生关系，因此也就间接地和它所表达的观念发生关系。这种体系的古典例子就是汉字。（2）通常所说的'表音'体系。它的目的是要把词中一连串连续的声音模写出来。表音文字有时是音节的，有时是字母的，即以语言中不能再缩减的要素为基础的。"（商务版《普通语言学教程》第50页，高名凯先生翻译）

索绪尔的两种文字体系指的是语素文字和表音文字。这种划分是正确的。不过他只是对现状加以描写，并没有讨论传承的先后。建构主义语言学不重视语言文字的历时研究。

2010 年 4 月 18 日　周有光致苏培成

培成同志：

　　中央民族大学许寿椿教授来访，带来他的文章。他说，汉字的电脑处理，效率大大提高，超过了英文。汉字不再是低效率文字了。我过去写文章说，"汉字是低效率文字"，这句话错了。请我改正。

　　我说：这句话仍旧没错。汉字电脑处理的效率提高，是电脑技术的提高，不是汉字的提高。汉字本身没有变。汉字是古典文字，古典文字都是低效率文字。这好比鸟能飞，人不能飞，发明飞机，人飞得比鸟还快。这是飞机的进步，不是人的进步。人依旧是兽类，没有变为鸟类。

　　请您考虑，我的话对不对？

　　专祝春安！

周有光

2010-04-18

2010 年 4 月 21 日　苏培成致周有光

周先生台鉴：

4 月 18 日来函敬悉。您对许寿椿教授的回答充满智慧，对我非常有启发。以前也曾有人问我类似的问题，我就想不好该说什么，以后照您的思路就可以理直气壮地说清楚问题了。

多年来，我很少主动和您联系，主要是怕影响您的休息和读书。我一直关注您发表的论著，从中汲取营养，学习您的思想，也从中学习您的为人处世，只是生性愚鲁领悟迟钝，进步不大。今年 1 月从凤凰台看到许戈辉对您的采访，很受教益。上个月中央台的王璇找到我，要为凤凰台"我的中国心"栏目制作有关您的节目，因为要谈您的学术成就，我义不容辞就谈了一点浅见。节目还不知道什么时候播出。

这几个月，我坚持读点书、写点小文章。我在读古汉字的入门书，读一点讲传统文化的书。前几天读朱自清先生的《经典常谈》。在书的最后，朱先生说："白话文不但不全跟着国语的口语走，也不全跟着传统的白话走，却有意的跟着翻译的白话走。这是白话文的现代化，也就是国语的现代化。中国一切都在现代化的过程中，语言的现代化也是自然的趋势，并不足怪的。"我觉得这话说的真叫好，是我原来没想到的。

这几个月，写一点小文章。《汉语大字典》（修订版）即将出版，四川人民出版社聘请我为大字典的审订委员，曾经帮他们改过一点稿子。这次他们要我写一篇评介《汉语大字典》（修订版）的文章。我写了篇《细节是魔鬼》的短文给了他们。借用 20 世纪世界最伟大的建筑师密斯·凡·德罗的话赞扬这次大字典的修订，不知道是不是合适。

2007 年，北京语言大学人文学院的罗卫东老师约我去她们那里就《规范汉字表》的研制给学生做一次演讲，我去讲了。前写时候，她要我把讲稿给她，准备发表在她们编辑的《汉字教学与研究》丛刊上，我同意了。于是补写了对 2009 年《通用规范汉字表》的看法，交给了她。我认为《通用规范汉字表》（征求意见稿）存在六个方面的问题，需要完善。现在把这部分随信奉上，在您方便的时候，请您赐阅并指正。

今年是黎锦熙先生 120 岁诞辰，北师大在本月 11 日和 12 日举行纪念性学术研讨会。我参加了会议，写了一篇《黎锦熙先生对中国语文现代化的重大贡献》。我写这篇文章的时候，仔细读了您在《多情人不老》一书中有关黎先生的两篇文章。我在文章里谈了五个问题。第一个问题是"文字改革是为最大多数民众服务的长期而困难的革命工作"（这是黎先生的话），然后批评了近 15 年来语文工作中用语文规范代替语文改革的错误倾向。现在随信也把这部分奉上请您分神指正。我的文章要北师大安排发表。

这段时间还帮助全国人大法工委审读了修改后的《保密法》，本月下旬人大常委会要审议这部修订稿。还去中央办公厅审读了《公文处理条例》修订稿。这也是我为国家做的一点小事情。

不久前，《人民日报》（海外版）有位高级记者叫傅振国，发表文章讲"防止英语入侵""保卫汉语"，而且通过人大代表在两会上就这个问题提出议案。全国人大法工委立法规划室，要调研这件事，找了四位语文工作者听取意见，包括我。我们见了傅振国，向他谈了我们的看法，我们都不赞成他的观点。这是近些年来片面宣传语文规范化带来的负面影响，患了语言净化的洁癖，与改革开放的总形势背道而驰。

从去年下半年，我的听力出了点问题，有轻度的下降。上周跟随所在的单位去体检，发现甲状腺上有结节（肿瘤）。这两天忙着跑医院，恐怕要住院切除。1988 年甲状腺曾经长过一个囊肿，后来切除了。过了 22 年，又长了，而且是多发性的。这也是无可奈何的事情。我的老伴叫王立侠❶，不久就 70 岁了。三年前发现患糖尿病，由此引起黄斑水肿、眼底出血，视力下降。这三年，我们去了无数次医院，一直在进行治疗，最好的

---

❶ 我的老伴因患晚期肝癌于 2015 年 3 月 31 日去世。对她的去世，我十分悲痛。——苏培成注

结果只是维持现状，恢复无望。

　　这封信太长了，耗费您的精力太多了，对不起！祝您健康快乐！

学生　苏培成

2010-04-21

2010 年 4 月 24 日　周有光致苏培成

培成同志：

　　来信收到。十分钦佩！

　　附上新发表的旧文章《几个文字学问题》请指正。

　　请考虑下面两个问题，对不对？

　　(1) 字母脱胎于古典文字。

　　(2)"通用汉字"字数宜减不宜增。

　　请把您的看法见告。

　　谢谢！

　　专祝

春安！

周有光

2010-04-24

2010 年 5 月 2 日　苏培成致周有光

周先生台鉴：

4 月 24 日函及大作《几个文字学问题》，都收到了，拜读了。谢谢！

我很惭愧，知识少得可怜，对许多语文问题，说不出有价值的意见。是您的著作给我许多启发，打开了求知、思考的路子。您在来函提出的问题，我没有能力回答。下面说一点粗浅的想法，都是无知的妄说，请您指正。

"字母"和"古典文字"孰先孰后，谁脱胎于谁？"字母脱胎于古典文字"，这样的表述是符合事实的。"文字起源于图画的说法比较可信。"（《比较文字学初探》第 8 页）正如您分析的，几种主要的古典文字都是意音文字，而不是表音文字。李恩江著《汉字新论》说："大凡原始文字的创造都是从表义方面入手的，起初同语音构造特别是语音结构的联系甚少。"（中国文联出版社，第 41 页）这恐怕是因为语音的分析比较困难。上个世纪 50 年代初，推行祁建华速成识字的时候，不少人读出 b 和 a，但就是拼不出 ba 来。意音文字的表音和表音文字的表音有很大的不同。"从意音文字的表音符号来看，又可以分为：（1）词符·音节字符文字，（2）词符·音节字母文字。例如：中文属于前者，日文属于后者。"（《比较文字学初探》第 65 页）意音文字的音符表示的是整字的读音，着重在二者的相同或相似，对音节结构不做分析，而表音素的字母文字的基础在对音节结构的分析。由古典文字发展为表音素的字母文字要经过很长时间的探索，对古人来说这是十分艰难的一步。

关于"通用汉字"字数的增减问题，恐怕要由实际存在的通用字的字数来定。1988 年发布的《现代汉语通用字表》收7000 字。我对这 7000 个通用字做过一点考察，发现在这 7000字里边，有 400 多字是文言古语用字，有 60 多字是现代方言用字，这些字应该从通用字中删除。（见《方兴未艾的现代汉字学》，载《语文建设通讯》第 51 期）这次讨论《规范汉字表》的收字时，有人提出把通用字由 7000 字减少到 6500 字，我表示同意。文字的使用有稳定性，近 30 年来通用字的字数似乎没有明显的增减。新造的化学字只有几个，不影响大局。随着"国学热"的兴起，文言生僻字在现代书面语里有增多的趋势，但对普通民众的文字应用没有多少影响。至于去年 8 月公开向社会征求意见的《通用规范汉字表》在 6500 个通用字之外又增加了第二表，收 1800 多字，需要另外考虑。公安部门在换发第二代身份证时，发现有不少字电脑打不出来，《规范汉字表》有增加一些生僻字的需要，于是有了第三表。字表的主持者管第三表叫"专业用字"，我觉得应该叫"生僻字"。这部分字的使用频度自然要比前两个字表低，但是也不应该把非常生僻的、极少使用的放进去，让全民"埋单"，因为《规范汉字表》不同于《规范汉字全表》，并不能把现代汉字里的规范字一网打尽。我的这个想法不知道有没有合理性。从文字生活的全局考虑，要逐步引导到适当限制和减少现行汉字的字数，不过当前的社会思潮似乎不接受这种意见。

祝您安好！

学生　苏培成

2010-05-02

2012 年 9 月 6 日　周有光致苏培成[1]

拼音字母，是中国字母，还是罗马帝国字母？

是中国字母，因为拼音方案是中国人民代表大会通过公布的。

英文字母，是英国字母，还是罗马帝国字母？

是英国字母，因为英文是英国的法定文字。

---

[1]　这是周先生于 2012 年 9 月 6 日 日寄给我的几句话。——苏培成注

2010 年 9 月 10 日　苏培成致周有光

周先生台鉴：

　　您寄给我的信函收到了。信函中关于拼音字母、英文字母的论述言简意赅，对我启发很大，我接受您的意见。

　　今年 8 月 28 日的《新京报》和《北京晚报》发表《百余学者举报新版〈现汉〉违法》，引起了社会的关注。8 月 29 日下午语言所和商务印书馆联合举行了"《现汉》字母词条目专家座谈会"，我参加了这次会议，并且发了言。30 日的《光明日报》发表了这次座谈会的发言综述和我的文章《以开放的心态看待〈现汉〉收录字母词》。在这之后，网络和报刊陆续发表了一批文章，对汉语文里的字母词开展了讨论。我还有一篇长一点的文章《用开放的眼光看待字母词》，即将发表在《中国语文》杂志上。

　　现把我手边有的七篇有关这场争论的资料奉上，供您参阅。其中包括上面提到的我的两篇文章，请您指正。

　　我现在主要的精力在为商务印书馆主编一部《新华大字典》。

　　敬礼！

学生　苏培成　敬启

2012 年 9 月 10 日

2013 年 3 月 27 日　周有光致苏培成[1]

序

周有光

北京大学语言文字学教授苏培成先生，集合文稿 52 篇，编成《语言文字应用论集》一书。这是他的第四本语言文字应用论集；前三本是《关注社会语文生活》《语言文字应用探索》和《语言文字应用丛稿》。

清末开始的中国语文现代化运动，经过一百年的工作，初步达成了推广普通话、通用白话文、汉字简化和规范化、制定汉语拼音方案等主要任务。2000 年公布的《国家通用语言文字法》是一个历史阶段的小结。

苏先生以北京大学为根据地，经历半个世纪以上的步步上升，学习、研究、讲学、著作，对语言文字学作出了继往开来的重大贡献。例如，他的《二十世纪的现代汉字研究》是一本

---

[1] 2013 年 3 月我致信给周先生，请他为我的文集《语言文字应用论集》赐序，不久就收到周先生的《序》，谢谢周先生。该《论集》已于 2015 年 5 月由人民教育出版社出版。——苏培成注

集大成的名著；他的《现代汉字学纲要》是一本权威性的大学课本。他在这样深厚的基础上编写出来的应用论著，对学校教学和个人自学最为有益。

2013-03-27

图书在版编目(CIP)数据

语文书简：周有光与苏培成通信集 / 周有光,苏培成著;苏培成编.—杭州：浙江大学出版社，2016.6

ISBN 978-7-308-15881-7

Ⅰ.①语… Ⅱ.①周… ②苏… Ⅲ.①书信集—中国—当代 Ⅳ.①I267.5

中国版本图书馆 CIP 数据核字（2016）第 108660 号

语文书简

——周有光与苏培成通信集

周有光　苏培成　著

苏培成　编

责任编辑	罗人智
责任校对	姜井勇
封面设计	卿　松
出版发行	浙江大学出版社
	（杭州市天目山路 148 号　邮政编码 310007）
	（网址：http://www.zjupress.com）
排　　版	杭州林智广告有限公司
印　　刷	杭州日报报业集团盛元印务有限公司
开　　本	880mm×1230mm　1/32
印　　张	8.5
字　　数	150 千
版 印 次	2016 年 6 月第 1 版　2016 年 6 月第 1 次印刷
书　　号	ISBN 978-7-308-15881-7
定　　价	38.00 元